神去《かむさり》なあなあ夜話《やわ》

三浦しをん

徳間書店

神去なあなあ夜話

目次

装画　金子　恵
装幀　緒方修一

第一夜

神去村の起源

やあ、みんな。ひさしぶり！　半年以上もご無沙汰《ぶさた》したけど、元気だったかな？　俺に会えなくて、さびしさに泣いちゃってた子もいると思うけど、涙は拭《ふ》いてくれ。

I'll be back！　帰ってきたぜ！

って書いてもむなしいんだよなあ。「みんな」ってだれだよ。インターネットにも接続してないパソコンに向かって、しこしこ書いてるだけなのに。ヨキの家、あいかわらず黒ジコ電話なんだ。

でもまあ、念のため自己紹介しておこう。だれかに読んでもらうつもりで記録したほうが、文章もすらすら出てくるしね。

俺の名前は平野《ひらの》勇気《ゆうき》。かの名高き怪盗ルパンの孫だ。いや、もちろん嘘《うそ》だ。ちょっと言ってみたくなっただけ。父親は横浜在住のサラリーマン、母親は専業主婦。ついでに言うと、俺の祖父は父方も母方もサラリーマンだったから、全然怪盗ではない。

俺はつい最近、二十歳《はたち》になった。高校卒業後、いろいろあって両親の家を出て（ていうか、追いだされ）、去年から三重県中西部の山奥にある神去村《かむさり》に住んでいる。どういう「いろいろ」

があったかについては、このパソコンのなかの『神去なあなあ日常』というファイルを読んでみてほしい。

と言ったが、実はパソコンにはロックをかけてある。パスワードは秘密だ。だれにも読ませられないほど恥ずかしい内容だからな……。特にヨキ。俺が文章書いてるなんてあいつに知られたら、「なにをかっこつけてるねぃな」って笑いころげるに決まってる。そこで、絶対ばれないよう、夜にこっそりパソコンに向かってるってわけだ。

神去村で俺がなにをしてるかというと、山仕事だ。林業だ。毎日、山に入って、杉やヒノキの苗《なえ》を植えたり、下草を刈ったり、枝を払ったり、育った木を切り倒して運びおろしたり、忙しく過ごしている。

最初の一年間は見習いだったんだけど、今年の春からめでたく、中村《なかむら》林業株式会社の正社員になった。もちろん、一番下っ端だけどね。

中村林業株式会社は、「おやかたさん」と呼ばれる中村清一《せいいち》さんが経営している。清一さんは経営のセンスも山仕事の腕もある。まだ三十代なのにすごいよな。清一さんの家は代々、神去村周辺の山をいっぱい持っている。林業が斜陽産業と呼ばれるようになってからは、少し売っちゃったらしいけど、それでも東京ドーム二百五十六個ぶんの山を所有する大山持ちなんだ。昔は中村家が持つ山だけを通って三重から大阪まで行けたっていうんだから、スケールがでかい。

山仕事は班で行う。俺が所属してる班は清一さんがリーダーで、主に中村家が所有する山の手入れが担当だ。中村林業株式会社には、ほかにもいくつか班があって、森林組合と共同で作業したり、持ち主が高齢化して管理が行き届かなくなった山を代理で手入れしたりしている。

中村清一班のメンバーを紹介しよう。

おやかたさんである清一さんについては、いま言ったとおりだ。あと、清一さんの幼なじみのヨキ。三十代前半で、本名は飯田与喜《いいだよき》。ガタイがよくて、短髪を金色に染めてる。「俺は山仕事の天才や」って、ヨキはいつもいばるんだけど、悔《くや》しいがほんとに天才だ。斧《おの》一本で、ものすごい大木でも正確に伐倒《ばっとう》する。でも、性格に問題があるんだよな……。細かいことを気にしないっていうか、野性の勘だけで生きてるっていうか。とにかくむちゃくちゃなやつだ。

ほかに、五十代の田辺巌《たなべいわお》さんと、七十半《なか》ばを超えて現役ばりばりの小山三郎《こやまさぶろう》じいさん。巌さんは、子どものころに神隠しに遭《あ》ったという輝かしい（？）経歴を誇る。山仕事のすべての作業に詳しくて、面倒くさがらずに俺にあれこれ教えてくれる。三郎じいさんも、山の知恵袋って感じのひとだ。危機回避能力が尋常じゃなくて、三郎じいさんが「今日はもう帰ろう」と言ったら、どんなに晴れていてもすぐに山を下りる。すると案の定、村に帰りついたとたんに雷雨になったりするんだ。山で雷雨に遭うのは、落雷する可能性が高くてとても危ない。暴れもののヨキですら、三郎じいさんの言うことは素直に聞く。

以上、中村清一班のメンバーは、みんな山仕事のエキスパートだ。俺以外はね。

とはいえ、俺も少しずつ山に慣れてきてはいるんだ。最初のころなんて、斜面を歩くときも下草を刈るときもへっぴり腰。枝を切るために木に登るのも一苦労。チェーンソーで杉を伐倒しようとしたら、妙な角度で刃が食いこんじゃって、押しても引いても幹から抜けなくなったこともあった。

それに比べれば、いまは天狗《てんぐ》ですよ。いや、「天狗になってる」って意味じゃなくて、天狗のように華麗に斜面を移動し、木を登り下りし、下刈りも枝打ちもなんでもござれですよ。伐倒だけは未《いま》だに、「切るときは言うてくれ。一キロほど退避するでな」とヨキにからかわれるけど。巌さんも、「慣れてきた、て思うときが危ないんや。慢心したらあかんねぃな」と毎日のように注意してくれる。

たしかに、そのとおりだ。山仕事は奥が深くて、一年やそこらで習得できるものじゃない。毎日発見があって、もちろん危険と隣りあわせの作業でもあるから、考えながらやらなきゃいけなくて、頭も体もパンクしそうだ。でも、楽しい。

山で仕事をしていると、木々の梢《こずえ》から鳥の声が降ってくる。揺れる茂みの向こうがわで、獣がこっちを見てる気配がする。やわらかい土を踏みしめるたび、湿って甘い香りが立ちのぼる。休憩時間に沢の水で顔を洗えば、皮膚に染みこみそうなほど透きとおって冷たい。風はいつも澄んで、塵《ちり》ひとつ混じってないみたいになめらかだ（花粉の季節は除く）。

神去村には、なにもない。遊ぶ場所も、コンビニも、服屋も食い物屋もない。あるのは、村を何重にも取り囲む緑の山また山。だけど、山仕事で体験するすべては、俺が高校まで住んでた横浜では、絶対に味わえなかったことばかりだ。最初は神去村での生活がいやでいやでたまらなかったのに、俺はいつのまにか、林業に夢中になっちゃったんだ。

俺が住んでるのは、ヨキの家だ。晴れて正社員になれたから、自分で家を借りて一人暮らしをしようかなって、ちょっと考えもした。なにしろ過疎《かそ》の村なんで、空き家になってる古い民家がけっこうある。でも、そうなると軽トラックも家財道具も買わなきゃいけない。そこまでの余裕はまだないから、見習い時代に引きつづき、ヨキの家に居候《いそうろう》させてもらうことにした。少しでもヨキを観察して、山仕事の技を盗みたいって思いもあったしね。ヨキは山仕事の道具の手入れに関しても、ものすごく器用だし上手なんだ。それ以外はてんでダメで、シャツのボタンもつけられないし、作れる料理といったらみそ汁ぐらいのくせになあ。

ヨキの家族は、繁《しげ》ばあちゃんと妻のみきさんだ。ヨキの両親は、早くに亡くなったらしい。仏壇に位牌《いはい》と遺影がある。お父さんもお母さんも、四十代ぐらいの姿で微笑《ほほえ》んでいる。穏やかでひとがよさそうだ。こういう両親から、どうしてヨキみたいな野獣が生まれちゃったんだろう。仏壇には、いつもご飯と水と花と線香が供《そな》えられている。でも、ヨキの口から両親について語られたことはない。

繁ばあちゃんは高齢のため足が悪く、たいてい茶の間にちんまり座っている。しわくちゃの饅頭《まんじゅう》みたいだが、経験に裏打ちされた的確な判断を下すので、村人から長老として尊敬されている。いざというときは、機敏な動きでヨキにデコピンをかまし、好き勝手な振る舞いをいさめもする。ヨキによると、「おでこから煙出よるで、ほんまに」とのことで、繁ばあちゃんのまえでは比較的おとなしい。

結婚して何年も経《た》つはずなのに、みきさんはヨキにべた惚《ぼ》れだ。惚れこむあまり、ときどき嫉妬《しっと》の鬼になる。ヨキが名張《なばり》のスナックで遊んでたときなんか、怒って実家に帰っちゃったぐらいだ。帰るって言っても、ヨキの家から歩いて五分もかからないんだけどね。みきさんの実家は、橋のたもとにある神去地区唯一の商店なんだ。生活必需品をいろいろ売ってるから、「百貨店」と呼ばれている。

あ、大事な家族を忘れていた。犬のノコ。白いむく犬で、とてもかしこい。山仕事にもついてくる。ヨキの忠実な相棒だ。それと、繁ばあちゃんのペットの金魚が二匹。ふだんは、ガラス鉢《ばち》のなかで仲良くボーッと泳いでるんだけど、餌《えさ》をやるとピラニアなみの食いつきを見せる。

俺は毎朝、ヨキの運転する軽トラで山へ行く。ノコも荷台に乗って、一緒に行く。弁当は、みきさんが作ってくれるおにぎり一個だ。一個なんだけど、三合ぶんの飯が使われるほど特大で、コロッケやたくあんや梅干しが具としてぼこぼこ入っている。ヨキが女遊びすると、具がひとつずつ減っていき、最終形態として特大の塩むすびになり、やがてはそれすら作ってもらえなくなる。だから俺は、ヨキの行動をぬかりなく監視するとともに、どうかヨキ夫婦の仲が円満でありますようにと、神去の神さまに毎日お祈りしている。

やっと本題にたどりついた。今回、俺が書きたいのは、「神去の神さま」に関することだ。見習い期間には、山で見聞きしたことや村で起こった出来事について、自分なりにパソコンに書きとめていた。しばらく中断していたその習慣を、またはじめてみようかなと思ったのには、わけがある。神去の神さまについて、おもしろい話を聞いたんだ。

それで思いついた。村の言い伝えとか、住人たちのことだとか、見聞きした話を記録してみるのはどうかなって。こんな渋いことを思いつくとは、俺も山仕事や村での生活に慣れてきて、少し気持ちに余裕が出てきたってことだろう。

このあいだ、いつものように山へ行ったんだけど、予定の時間よりも早く解散になった。「雷雲が出とるな」って、三郎じいさんが言ったからだ。中村清一班のメンバーが山を下りきったところで、予想どおり夕立がやってきた。軽トラのワイパーをフル稼働させても、まえが見えないぐらいの雨だった。おまけに雷もすごくて、俺は助手席で、おびえるノコを膝《ひざ》に抱いていた。フロントガラスを、雨水が滝みたいに流れる。それをワイパーが払った瞬間、西の山のてっぺんが稲光《いなびかり》で空と結ばれるのを見た。ほぼ同時に、天地を揺るがすものすごい轟音《ごうおん》。ノコはパニックになって、俺の膝から胸、顔のほうまでよじのぼってこようとした。いてててて、爪《つめ》を立てるなってば。

ヨキは林道を知りつくしてるうえに、ドライビングテクニックも一流なので（運動神経を要求される事柄は、総じてうまい）、なんとか家まで無事に帰りついたけどね。巌さんの軽トラは、途中で神去川に落っこちそうになったらしい。ま、神去村の住人は達観してるところがあるから、仲間の危機にもあまり動じない。

「後輪がすべって、危ないとこやったで」

と、あとで巌さんから聞いても、

「なあなあや」

「あの雨じゃあ、なっともしゃあない」

と笑って終わりだった。

「なあなあ」というのは神去弁で、「ゆっくり行こう」「まあ落ち着け」「いいお天気ですね」って感じの言葉だ。この場合は、「へえ、それは難儀《なんぎ》やったなあ」ってニュアンスをこめつつ、「なにごともなく済んだんだから、まあいいじゃないか」って意味の相槌《あいづち》っぽく使われている。

「なっともしゃあない」は、「なんともしょうがない」だ。

とにかく家まで帰りついて、ヨキと交代で五右衛門風呂《ごえもんぶろ》に入って、ノコに引っかかれた鼻の頭を消毒したころには、夕立は上がっていた。九月の後半は、夏と冬が秋という土俵で力比べをしてるのかってぐらい天候が変わりやすく、雷雨が多いんだ。

「西の山、大丈夫かな。雷が落ちた杉から、煙が上がってたみたいだけど」

「なあなあ。雨で木も湿るから、山火事にはならん」

俺はヨキと、茶の間でそんなことをしゃべっていた。みきさんがお茶をいれてくれ、繁ばあちゃんが茶簞笥《ちゃだんす》にしまってあった羊羹《ようかん》を切ってくれた。四人で卓袱台《ちゃぶだい》を囲み、おやつの時間を過ごす。ノコは土間に寝そべって、力なく尻尾《しっぽ》を揺らしている。雷がよっぽど恐怖だったのか、庭の犬小屋には断固として入ろうとしなかった。

庭木から水たまりへ、ぽちゃんぽちゃんと水滴の落ちる音がする。鳥がさかんに鳴いて今夜のねぐらを探している。風が湿っぽくて涼しくなってきたので、窓を閉めようと、俺は縁側《えんがわ》に立った。灰色の雲が速い動きで東へ流れる。

空から地上へ視線を移すと、黄色い長靴を履いた山太《さんた》が、ちょうど庭に入ってきたところだった。

「山太、どうしたんだ?」

山太は清一さんの息子だ。今年の春から小学校に通っている。

神去村は、「下《しも》」「中《なか》」「神去」という三つの集落からできていて、俺たちが住んでいるのは神去地区だ。神去地区には、中学生以下の子どもは山太しかいない。そこで山太は、中地区にある神去小学校へ通うことになった。

神去から中までは、同じ村といえど、山道を歩いて四十分はかかる。一年生には大変な道のりなので、山太はバスで登校している。神去村は、朝夕一本ずつコミュニティバスが走っていて、町まで行きたいお年寄りの足になってるんだ。山太は朝のバスのなかで、お年寄りのアイドルらしい。

「毎日、ようけ飴《あめ》やらせんべいやらもらう」

と、うれしそうな報告を以前に受けた。

一年生は昼過ぎには授業が終わるから、夕方のバスだと時間が合わない。下校時は途中まで友だちと一緒なので、歩いて帰ってくる。天気が悪い日は、清一さんの奥さんであり山太の母親である祐子《ゆうこ》さんに、車で迎えにきてもらうこともあるそうだ。

山奥の村だと、やっぱり不便も多い。山太にとってはそれがふつうだから、全然気にせず、楽しく学校へ行ってるみたいだけどね。

さて、ヨキの家にやってきた山太は、縁側にいる俺を見て笑顔になった。

「雨で、仕事早じまいになったんやろ。ゆうちゃん帰っとると思うてな。俺、最近学校で忙しいで、ゆうちゃんと会えんかったし、ちょいと挨拶《あいさつ》に寄ったんな」

山太は俺を慕ってくれてるんだ。生意気なことを言ってるが、俺とすれちがいの日々がつづいて、さびしかったんだろう。俺だって、山太に慕われて悪い気はしない。

「そっか。上がれよ」

と、うながした。

玄関から入ってきた山太は、土間にいたノコを撫《な》でてやってから、「お邪魔します」と礼儀正しく言って、茶の間に上がった。みきさんが山太のぶんもお茶をいれ、繁ばあちゃんが羊羹を分厚く切りわけた。

「おう、山太」

横たえた籐《とう》のゴミ箱を枕《まくら》に寝転がっていたヨキが、体を起こした。「一人か？　清一は？」

「昼寝しとる。明日は西の山の様子を見にいくって、ヨキに伝えてくれ言うとった」

「わかった。まあ、座れや」

ヨキが譲った座布団に、山太はちょこんと座る。俺とヨキに挟まれる形だ。「いただきます」と、これまた礼儀正しく言って、羊羹を食べ、お茶を飲む。

「山太は雨に遭わなかったんか」

と、みきさんが尋ねた。

「うん、ぎりぎりで大丈夫やった」

「日ごろの行いがええからやな」

と、ヨキが言った。「神去川が増水するやろから、今夜から明日にかけては近づいてはあかんで」

山太は素直にうなずく。それまで口をもぐもぐさせていた繁ばあちゃんが、突如として語りだしたのは、そのときだ。

「むかーしむかし、神去村は水の底やったそうな」

「急にどうしたの、繁ばあちゃん」

俺はおそるおそる尋ねた。あの世からの電波でも受信しちゃったのかと、心配になったんだ。

「どうもせん」

と、繁ばあちゃんは言った。「神去村に言い伝えられとる、昔話をしたろと思うてな」

じゃあ、お願いします。どうして突然、昔話をする気になったのかわかんないけど、俺はなんとなく正座して、繁ばあちゃんの言葉に耳を傾けることにした。ヨキもみきさんも、小さい山太までもが、姿勢を正して繁ばあちゃんのほうを見たからだ。たぶん俺以外の住人は、神去村の昔話なんて聞き飽きてると思うんだけど……。娯楽の少ない村だから、昔話も充分スペクタクルなものに感じられるのかな。

繁ばあちゃんが語りだしたのは、こんな話だった。

昔々、神去村ちゅう名前もなかったころのことや。

このあたりは、大きな大きな池やった。神去山の半分ぐらいまで、水に沈んどった。神さんがあちこちの山に、もちろん池にも住んどって、人間――わてらの先祖にあたるひとたちや――は山の斜面に小さな家を建て、木の実を採ったり猪《いのしし》を狩ったり炭を焼いたりして、ほそぼそと暮らしとった。

山からドーッと風が吹きおろすと、池の水面《みなも》にザザーッとさざ波が立った。鱗《うろこ》のように光るさざ波を見て、人々はみな、池に住む神さんが風をくすぐったがっておられるのだと噂《うわさ》しあった。池の神さんは、大きな白い蛇《へび》だったからや。

ある年、夏になっても気温が上がらない日がつづいて、秋が来たちゅうのに木の実は小さく、色づかぬままやった。ひとも鳥も動物も痩《や》せて、冬にようさん死んだ。

春が来て、なんとか生き残ったものは、池の神さんに訴えた。

「蛇神《へびがみ》さん、このままでは、いつかわてらは飢《う》えて死に絶えてしまいます。どうか、池の水をどこぞへやってくださらんかいな。そしたら平たい土地ができるから、わてらは米や野菜を作って、冬に備えることができますでな。もちろん蛇神さんにも、米や野菜を捧《ささ》げさせてもらいます」

人々の願いを耳にして、蛇神さんは池の底でたいそう悩みさんした。そりゃそうな。池の水をなくしたら、蛇神さんの大切な住処《すみか》がのうなってしまうでな。蛇神さんは池からちょいと顔を出し、ほとりで手を合わせる人間たちのほうを見た。

そのなかに、うつくしいおなごがおった。村長――神去村はまだないから、族長やな。族長の一人娘やった。真っ黒な髪、真っ白な肌、赤い唇をした娘や。山に咲くどんな椿《つばき》よりも艶《あで》やかで、池を泳ぐどんな魚よりもいきいきした、若くうつくしいおなごやった。

蛇神さんは、彼女を一目見るなり惚れてもうた。そこで、おっしゃった。

「おまえたちの願いを叶《かな》えてやってもええ。そのかわり、族長の娘を俺の妻にしたい」

驚いたのは娘と、その両親や。いくら神さんちゅうても、蛇の嫁さんになるのはいやや。両親は断ろうとしたんやけど、娘は心根の優しい子やった。苦しんでおる一族のもんを見捨てられんかったんやろな。

「わかりました。池の水をどこぞへやってくださったら、あなたの妻になりましょう」

と約束した。

その晩のこと、池のほうで大きな地響きがして、小さな家で眠っておった人々は飛び起きた。そやけど、あたりは真っ暗でなにも見えん。まんじりともせずに夜明けを待った。そして、朝の光に照らされた光景を見て、みな息をのんだんや。

池が消えとった。かわりに、清らかな川がサラサラと流れとって、そのまわりには肥えて平たい土が広がっておった。人々は山から下りて、池だった場所に村を作った。当時はまだ名前もなかったが、それがいまの神去村や。蛇神さんが作ってくれはった川が、いまの神去川や。

「池がのうなって、蛇神さんはどうなったん?」

と、山太が尋ねた。この話を聞くのははじめてじゃなさそうなのに、目がきらきらしている。

「話の肝《きも》はそこや」

繁ばあちゃんが重々しく応じた。「池とともに、蛇神さんの姿も見かけんようになった。最初の年は、田んぼや畑で収穫したもんを蛇神さんに捧げたんやが、そのうち人々は、そこに池があったことも、蛇神さんがおったことも、忘れてしもたんや。まえよりは安楽な暮らしができるようになって、蛇神さんとの約束も、すっかり忘れとった」


忘れておらんかったのは、族長——いまや村長になっとった——の娘や。娘は毎日、蛇神さんに感謝し、蛇神さんの身を案じとった。両親は娘にいくつもの縁談を持ってきたが、娘はすべて断り、蛇神さんのところへ嫁入りする日を待っとった。

そんなある夜、娘のもとに一人の若者が忍んできた。ナガヒコと名乗った若者は、人品卑《いや》しからぬ風情《ふぜい》で、ずっと娘に惚れとったとかき口説く。

娘もついついほだされて、両親には内緒《ないしょ》で若者と夫婦になった。


「よかったなあ」

と、山太が言った。「ナガヒコが蛇神さんなんやろ?」

うーん、薄々そうじゃないかとは思っていたが、話のオチをさきに言うなよ、山太。俺は山太をにらみつけたんだけど、山太は気にしない。

「ナガヒコはかっこええんか？」

と、繁ばあちゃんに質問した。

「神さんやからな。かっこええ」

「お父さんぐらい？」

「そやな。清一ぐらい、シュッとしたええ男やったやろな。少なくとも、ヨキみたいなチンピラではなかったはずや」

「俺かて、清一とタイプはちがうが、ええ男や」

と、ヨキが反論した。ツンツンした金色の髪を、大きな手でかきまわしている。みきさんがおかしそうに、ふてくされたヨキの横顔を眺めている。

ヨキの言葉には耳を貸さず、繁ばあちゃんは話をつづけた。

「ナガヒコは毎晩、娘のところにやってきた。でも、夜明けまえにはどこかへ帰っていってしまう。娘は不安になった。そのころには、娘もナガヒコに心底惚れとったからや。自分以外の女がおるんちゃうかと、嫉妬が芽生えた」

「山太のまえでそんな話、していいのかな」

俺は繁ばあちゃんの話をさえぎった。横目でみきさんの様子もうかがう。嫉妬といえば、みきさんの得意技だからだ。

みきさんは卓袱台に身を乗りだし、

「ええところで、邪魔せんといてえな」

と、俺に文句を言った。山太はわかっているのかいないのか、にこにこしている。しょうがなく、俺は黙った。足がしびれてきたので、正座を崩してあぐらに戻した。


娘は、「実は自分のところに忍んできている男がいる」と、両親に打ち明けた。驚いた両親は、娘におだまきを渡した。「『おだまき』て、わかるか？　麻糸を丸く巻いたものや。

「糸の端を、男の着物の裾《すそ》に縫《ぬ》いつけておくんや。朝になったら糸をたどって、男が住んどるところを突き止めればええ」

娘は言われたとおりにした。男は名残惜《なごり》しそうな様子で、娘の部屋を出ていく。着物の裾に、麻糸が縫いつけられているとも知らんで。

麻糸はどんどんのびて、娘の手のなかにあるおだまきはみるみる小さくなった。娘は急いで、新しいおだまきを継ぎたした。それでもまた、おだまきはみるみる小さくなる。とうとうおだまき七個ぶんを費やして、ようやく糸の動きが止まったんや。

朝の光が村を照らした。娘は両親と一緒に、村の道にのびた麻糸をたどっていった。糸は橋を渡り、川沿いを山のほうへ向かっていた。村を取り囲む山のなかでも、一番高い山。オオヤマヅミさんちゅう神さんが住むと言われとる、滅多なことでは入ってはあかん山のほうへ。

「神去山のことや！」

山太がうれしそうな声を上げた。「それで？　ナガヒコは神去山におったん？」

「あせってはあかんねぃな」

繁ばあちゃんはお茶をすすり、口内を湿らせた。「ナガヒコは神去山におった。池がのうなったで、オオヤマヅミさんのところに寄せてもらっとったんやな。白い大蛇の姿で、すやすや眠っとった」


人間の気配に気づいた蛇神さんは、あわてて鎌首をもたげた。目のまえに、愛する女と、その両親が立っていて、びっくりした顔で自分を見とる。蛇神さんは観念しておっしゃった。

「とうとう気づいてしまったんやな。娘、俺はおまえに惚れてしもて、浅ましい人間の姿になってまで、おまえのもとへ忍んでいった。だが、真実の姿を知られたからには、もう一緒にはおられんねぃな。おまえも、蛇の姿の婿《むこ》はいややろ。哀《かな》しいけれど、これでお別れや」

娘は震える足を励まし励まし、蛇神さんに近づいた。そして、蛇神さんの鎌首に抱きついて言ったんや。

「いやや。私やってあんたが好きや。離れとうない。だいいち、池ものうなってしもて、あんたはこれからどないするんな。約束どおり私と夫婦になって、一緒に村で暮らそう。二人で、ううん、一人と一匹で、畑を耕したり木の実を採ったりして、楽しく暮らしていこう。な？」

蛇神さんは、こっくりうなずいた。二人、いいや、一人と一匹は抱きあって――実際は、蛇神さんが娘に絡《から》みつく恰好《かっこう》になっとったんやが――おいおい泣いた。蛇神さんは、自分の正体を知ってもきらわずにいてくれた、娘の心がうれしくて。娘は、長年の住処をなくしてまで自分を選んでくれた、蛇神さんの心がうれしくて。

こうして二人、いいや、一人と一匹は、村で幸せに暮らしたのでした。めでたし、めでたし。

「よかったなあ」

山太は満足そうだ。俺はおかしくてしょうがなかった。繁ばあちゃんが語ったところによると、蛇神さままでもがバリバリの神去弁だったからだ。あんまり神さまっぽくない。

すでに表は、とっぷり日が暮れていた。

「ごめんくださーい」

玄関の引き戸を開けて、祐子さんが入ってきた。「山太が長々とお邪魔して、すみません」

「あ、お母さんや」

山太は立ちあがり、跳《は》ねるように土間へ下りた。ノコが尻尾を振る。

「うちは全然かまわんで」

みきさんも土間に下り、台所で米を研《と》ぎだした。「山太も夕飯食べてく?」

「ううん、今日は帰る。繁ばあちゃん、昔話してくれて、ありがとな。ゆうちゃん、今度、川で釣りせんか?」

「いいよ。でも、増水が収まってからだぞ」

「わかった」

俺との約束を取りつけ、山太は祐子さんと帰っていった。祐子さんは「お裾分けです」と言って、タッパーに入った里芋《さといも》と厚揚げの煮物をくれた。作りたてらしく、ほかほかと湯気を立てている。

俺とヨキは煮物をあてに、ちびちびと酒をなめた。いや、ヨキは豪快にコップ酒を飲み干していたけどね。俺はまだあんまり酒に慣れてないから、お猪口《ちょこ》についで、少しずつなめるぐらいがちょうどいいんだ。

落ち着いてきたのか、ノコが外へ出たがった。俺はノコを庭へ連れていってやり、犬小屋のまえに置かれた皿に、ドッグフードを盛った。器《うつわ》に水も注いでやる。

雷雲はどこかへ去り、満天の星空が広がっていた。オオヤマヅミさんが住むという神去山の稜線《りょうせん》も、いまは闇《やみ》に溶けこんでしまって見えない。

湿った木の葉のにおい。風にざわめく黒い山々。鋭く透明な空気のなかで、風鈴みたいに、すりこぎみたいに、さまざまな声で鳴く虫たち。それらに包まれて夜のなかに立っていると、ここがかつて大きな池の底だったという言い伝えも、本当のことみたいに思えてくる。白い大蛇が雷みたいに身をくねらせながら、神去山の山腹を這《は》っていてもおかしくない気がしてくる。

茶の間に戻ると、夕飯の仕度ができていた。豆腐とネギのみそ汁と、ほうれん草のおひたし。

焼いた塩アジもある。

　山太がいなくなると、家のなかがとても静かに感じられた。柱時計が規則正しく動く音だけが聞こえる。

「さっきの繁ばあちゃんの話、おもしろかった」

と、俺は言った。「蛇と結婚するなんて、ちょっと変だけどね」

「昔はけっこうあったんやろ」

　繁ばあちゃんは平然としたものだ。

「もともとは、清一の家に伝わる昔話なんやで」

　ヨキが笑った。「あいつの先祖は、蛇神さんちゅうことや」

　清一さんも、朝は大蛇の姿で寝てたりして。山太を挟んで、祐子さんと巨大な白い蛇が川の字になって寝てる図を思い浮かべ、俺も笑ってしまった。

「気になってたんだけどさ」

　みきさんにご飯のおかわりを頼んでから、尋ねてみる。「どうしてこの村は、『神去村』っていうの？『神さまが去った村』なんて、ちょっと縁起が悪くないかな」

「それは、さっきの話のつづきを聞けばわかるんや」

　ご飯が山盛りになった茶碗《ちゃわん》を渡してくれながら、みきさんが言った。「繁ばあちゃん、話してあげたら？」

「そやな」

繁ばあちゃんは歯がないので、歯茎《はぐき》でカブの漬け物を噛《か》み砕《くだ》いているところだった。ものすごく丈夫な歯茎だ。

「あだるとな話やけど、勇気ももう大人やからな。話したってもええ」

そういうわけで、繁ばあちゃんはつぎのような話を聞かせてくれた。

娘と蛇神さんは、小さな家を建て、小さな畑を耕して、幸せに暮らした。夜はひとつの布団で眠り、子どもも十四人生まれた。

そのうちの七人は、小さな白い蛇の姿で生まれ、やがて村から旅立っていった。小さな沼や池の守り神になるためや。

残りの七人はひとの姿で生まれ、娘と蛇神さんを助けてよく働いた。女の子どもは大きくなると、隣村や山向こうの村へ嫁にいき、幸せに暮らした。男の子どもはそれぞれ嫁をもらい、一族はますます栄えていったんや。

娘――そのころは母親にもなり、もう十二分に大人の女だったわけやが――と蛇神さんは、あいかわらず仲むつまじゅうしとった。蛇神さんは娘と会うまで、ひとの体を知らなかった。肌と肌が触れあうとぬくたいことも、娘と出会ってはじめて知った。

一言で言うと、蛇神さんは愛欲に溺《おぼ》れとったんやな。

蛇神さんは、村で暮らすためにひとの形を取っておられたが、娘と抱きあっとると、ふと自分が蛇の姿に戻っとるんやないかと思うことがあった。びっくりして自分の体を見下ろすんやが、蛇にはなっとらん。一部分を除いてはな。蛇神さんの蛇的一部位が、娘のなかにもぐりこむと、蛇神さんはかつて住処だった池を思い出すんや。静かであたたかくて安心できた、うつくしく澄んだ池をな。

そうこうするうちに月日が経ち、娘はだんだん年老いてきた。蛇神さんは、ナガヒコとして娘のまえに現れたときと同じ姿のままやった。

蛇神さんは、なにが起こっているのか、よくわからんかった。神さんには、老いも死もないからや。娘は嘆《なげ》いた。蛇神さんを一人残して、自分は逝《い》かねばならないのだと、ようわかっとったからや。死の意味も知らない蛇神さん。池を失い、娘のそば以外、もはや居場所もない蛇神さん。そんな蛇神さんを、ひとばかりが住む村に残して。

病床に伏した娘は、涙ながらに蛇神さんに言った。

「あんたのことを、私はだれよりもいとおしく思ってきましたが、もうこれでお別れせないけません。私がいなくなっても、あんたはどうかなああに、この村で健《すこ》やかに暮らしてください」

「どこへ行くんや」

蛇神さんは驚いて、皺《しわ》だらけになった娘の手を握った。「俺も一緒に行く」

「それはできんねぃな。あんたは神さん、私はひと。村でひとときとき、ともに暮らすことはできたけれど、これからは行き場所がちごうてしまいます」

そうなだめたきり、蛇神さんがいくら呼びかけても、娘は目を閉じてとんと返事をせんようになってしもた。

蛇神さんは諦《あきら》めず、七日七晩、娘のそばに座っとった。娘の肌は冷たく硬くなり、だんだん腐臭《ふしゅう》を放つようになった。それで蛇神さんは、娘がもう二度と目を開けることも、話すことも、笑いかけてくることものうなってしもたんやと、ようやく気づいた。

蛇神さんは大蛇の姿になって、娘の体を丸呑《まるの》みにした。離ればなれになりたくなかったからや。でも、それはただの肉やった。娘の魂《たましい》は、どこかへ飛び立ってしまったあとやった。

娘の家から、大きな白い蛇が這いでてくるのを見て、村のもんはみな腰を抜かした。蛇は村人には目もくれず、神去川に入ると、上流、神去山のほうへと泳ぎ去った。

蛇神さんは、ときに叫び、ときに泣きながら、神去山を這いまわった。あまりに激しく這ったから、神去山じゅうの木々が揺れ、なかには根もとから折れてしまう木もあった。

困ったオオヤマヅミさんが、

「ナガヒコさんよ、なにをそないに嘆いておるんや」

と尋ねた。

「妻がどこかへ行ってしまい、哀しくてたまらないんや」

と蛇神さんは答えた。大粒の涙をぼろぼろぼろぼろこぼしたせいか、蛇神さんは渇き、鱗も干《ひ》からびてしまいそうやった。

「せやったら、簡単や」

オオヤマヅミさんは言った。「新しい嫁はんを探せばええ」

そうか、と蛇神さんは思った。蛇神さんは神去山を下り、神去川を下って、村へ戻ってきた。うつくしい若者、ナガヒコの姿で。

村の娘は、一目でナガヒコに恋をした。自分の家へナガヒコを誘い、まじわった。娘は、ナガヒコの妻だった娘と同じく、蛇的一部位を迎え入れられる澄んだ池を持っとった。

でもナガヒコは――いや、蛇神さんは――、すぐに「ちがう」と気がついた。その池は澄んではいるが、静かであたたかくて安心できる場所ではなかったんや。どうしてなのかわからず、混乱し落胆した蛇神さんは、大蛇の姿に戻ってしまった。娘は悲鳴を上げて逃げだした。

それから何人もの娘とまじわったが、いつも同じじゃった。池は蛇神さんを安心させる池ではなく、娘は悲鳴を上げて逃げだしていく。

蛇神さんの官能は、二度と戻ってこなかったんや。

蛇神さんは、気がついた。妻となった娘は、俺のことを一番好きやと言うてくれた。俺も、だれよりもなによりも妻が好きやと思うた。どうやら人間のまじわりは、そういう相手とでなければ、ほんまの官能を味わえへんようにできとるらしい。

蛇神さんは、またも神去山へ向かった。そしてオオヤマヅミさんに、こう言った。

「俺はずいぶん長いあいだ、この地にとどまり、ひとの暮らしを眺めてきた。最後は人間の妻をめとって、村で仲良う暮らすことまでした。おかげで村には、俺の子や孫やひ孫もようさんおる」

「ええこっちゃないか」

オオヤマヅミさんはうなずいた。「で、新しい嫁はんは見つかったんかいな」

「見つからへん。俺の妻は、のうなってしもたんや。同じくひとの姿形をしとっても、どのおなごも妻とはちがうねぃな。俺はいつのまにか、心を持っとったようや。この心は、妻と一緒に生み育ててきたものやから、妻がおらんようになってしもては、どんなおなごとまじわっても、なっともしゃあないんや」

「そりゃ難儀やなあ」

「難儀や。人間と夫婦になんぞなるもんやない。俺は村でさびしいばっかりや」

「ほんなら、どないするんや」

「そろそろ、ひとのおらんところへ帰ろうかと思う。あまりにも昔のことで、よう覚えとらんが、俺たちにも生まれた場所があったろう」

「あったな。どっか遠く、空の彼方《かなた》だった気ぃするな」

「うん。そこへ帰って、妻との暮らしを思い出しながら、のんびり骨休めしよかと思うんや。ついては、オオヤマヅミさんに頼みがある」

「なんや」

「村と村人を、あんたに見守ってほしいんや。俺の子孫もおるし、そうでなくとも、なかなか気のいい人間ばかりやでな。なるべく幸せに暮らせるように、手助けしてやってくれへんかいな」

「わかった。長いつきあいのあんたの頼みや。村人が俺を信心するかぎり、俺は村人を見守ろう。あんたは安心して、神去《かむさ》りなさるといい」

「おおきに、ありがとう。ほな、行くな。さよならや」

「さよなら。道中、気ぃつけてな」

蛇神さんはオオヤマヅミさんに後事を託し、山のてっぺんから、空の彼方にある故郷へと昇っていかれたんや。

それ以降、その山は神去山、わてらの住む村は神去村、て呼ばれるようになった。そしてオオヤマヅミさんは、蛇神さんとの約束どおり、わてらを見守ってくれとる。わてらがオオヤマヅミさんを、ちゃーんと信心しとればな。なあなあ、とっぴんしゃん。


「何度聞いても、切ない話やねぃなあ」

みきさんは身をよじったけど、俺は首をひねった。

「蛇神さまにヤリ逃げされた女のひとたちは、どうなったんだろう」

「神さんと契《ちぎ》ったんやから、もてはやされたやろ」

ヨキはにやにやした。「『ありがたい娘や』ちゅうことで、村の男と結婚したにちがいないで」

「そうなのかなあ」

蛇神さまのしたことには、どうも納得がいかない。奥さんの死体を食べちゃってるし。とこ

ろがみきさんは、

「勇気はわかってないねぃな」

と怒る。「この話で大事なのは、好いたもん同士でないと、ほんまの官能は味わえへんてことやないの」

「え、そうですか？」

「そうや。ねえ、繁ばあちゃん」

「そやな。わてがじいさんと官能を味わったのは、もうずいぶんまえのことやが、あれはええもんやったな」

繁ばあちゃんは過去を振り返り、なにやらうっとりしている。なんなの、この性欲旺盛《おうせい》なひとたち。

「勇気は若いくせに、淡泊であかんな」

ヨキが断じた。「そんなことやから、直紀《なおき》といつまで経ってもまぐわえんのや」

うわわ、なんてこと言うんだよ！

直紀さんというのは、俺が惚れてるひとだ。祐子さんの妹で、神去小学校で先生をしている。実は、直紀さんは清一さんに恋心を抱いていて、俺のことなんか、あまり見向きもしてくれないんだよなあ。俺もがんばって、休日に山とかでデートしてはいるんだけど、大幅な進展はない。

でも、いいんだ。俺も女の子とつきあったことがないわけじゃないけど、直紀さんとはあせらずに距離を縮めていきたいと思っている。

直紀さんは、いままでに会った女の子たちとは、ちょっとちがう。どこがどうとは言えないけど、ちがうんだ。直紀さんに笑いかけられると、魂が春の山に漂いだしそうになる。直紀さんが怒ると、紅葉に染まった秋の山みたいにきれいだし、直紀さんが気の強い発言をすると、真っ白な綿帽子をかぶった冬の山みたいにかわいい。かわいいのに近寄りがたいところも、冬の山みたいだよね。

そして、直紀さんの優しさに触れると、夏の山を吹き抜ける風に、頬《ほお》を撫でられたような気持ちになる。目を閉じて、一瞬で通りすぎる風をすべて肺に吸いこんで自分のものにしたくなる。

俺って詩人じゃん？　あ、横浜弁が出てしまった。恋が俺のなかに、再び詩の泉を湧《わ》かせてくれたんだなあ。俺、高校生のころ、こっそり『俺詩集』を書いてたんだよ。ここだけの秘密だけど。


ヨキもみきさんも繁ばあちゃんも、すでに眠っている。俺は自室として割りあてられた六畳間で、ここ三日ほど、夜は執筆に励んできた。けっこう書いたな。明日も朝から仕事だから、もう寝ないと。

そういうわけで、今回は「神去村のはじまりについて」でした。どうだった？

神去村が、大昔は水の底だったなんて、びっくりだよな。たしかに、まわりは全部山で、ダムにぴったりの地形だけど。いやいや、ダムになんかなっちゃ、住む場所がなくなって困るけど。

清一さんの先祖が蛇神さまだったとか、蛇神さまが愛欲の夫婦生活を送り、官能を探求してさまよったとか、「どうなの」って感じだ。たいていのことは「なあなあ」で済ませてしまう、神去村の住人にふさわしい生命力あふれる言い伝えだ。

「どうなの」といえば、ヨキとみきさん。繁ばあちゃんが蛇神さまの話をしてくれた夜は、仏間からヨキとみきさんが組んずほぐれつしてる気配が感じられた。やめてほしいよなあ、俺とは襖《ふすま》一枚で隔てられてるだけだってのに。隣の部屋からは、ぐーすか寝てる繁ばあちゃんのいびきが聞こえた。この大騒ぎのなかで眠れるって、さすがは繁ばあちゃんだ。

俺はちょっとまえかがみになってトイレに行き、そのあと部屋には戻らず、濡《ぬ》れ縁《えん》に腰かけた。ノコがすぐに気づいて、犬小屋から出てくる。

ノコの首を撫でてやりながら、空を見上げた。吐く息が白くなるほどではないけれど、空気は澄んで冷たい。あいかわらず、気持ち悪いほどたくさんの星が輝いていた。遠く、山の木々がざわめいている。

直紀さんはいまごろどうしてるだろうと思った。明日の授業の準備を終えて、もう布団に入っただろうか。それとも、気晴らしにテレビでも見てるのかな。チャンネル、すごく少ないけど。電話してみたいが、神去村では山のてっぺん以外、携帯電話が圏外なんだ。いまどき、ありえないよな。

携帯がないとメールもできないし、家の電話を深夜に鳴らすのも気が引ける。だから、声を聞きたい夜も、直紀さんのことを思うだけだ。念力かってぐらいの勢いで、恋心を送る。直紀さん、うなされちゃうかもしれないな。それも気の毒なので、渾身《こんしん》の力で「好きだー!」と十秒ほど思ったところでやめておいた。

蛇神さまは、無事に空の彼方へ帰りつけたのかな。いまもまだ、死んだ奥さんのことを思いながら、骨休めしてるんだろうか。神さまには時間の感覚がないのかもしれないけど、思い出とともに骨休めしつづけなきゃいけないのは、きっとさびしいだろう。

でも、蛇神さまは、後悔はしていないはずだ。人間の奥さんをもらって、繁ばあちゃん曰《いわ》く「ほんまの官能」を味わえたことを。いつかは死んでしまう人間って生き物と触れあい、束《つか》の間《ま》でも幸せに暮らしたことを。

そんな気がした。

ヨキが濡れ縁に面した掃《は》きだし窓を開け、

「終わったで」

と、えらそうに言った。「安眠妨害して悪かったな」

「みきさんは?」

小声で問うと、

「寝とる」

と不敵に笑う。なんだよ、その自信満々の表情は。

俺も早く家を借りて、一人暮らしをしたいなあ。直紀さんと一緒に住めれば、なおいいけど。へへ。

にやけているヨキを蹴《け》っ飛ばす真似《まね》をして、俺は濡れ縁から家のなかに入ったんだ。

はあ、まじで寝ないと。今夜はここまで。また書きとめたいことができたら、パソコンに向かうと思う。これから本格的に冬になって、雪が降りだしたら、山仕事は少し暇《ひま》になるはずだ。そしたら頻繁に会えるから、泣かずに待っててくれよベイビー。

って、だからだれも読んでないっつうの。

じゃあ、また！

第二夜

神去村の恋愛事情

十月に入って、本格的に冬に近づいてきてる今日このごろだけど、元気ですかー（ここはアントニオ猪木《いのき》ふうに読んでくれるとありがたい）。

さて今夜は、いいニュースと悪いニュースがある。みんなはどっちから聞きたい？

こういう質問って、ちょっとイラッとしないか？　合コンで、「いくつ？」「えー、いくつに見えますぅ？」ってのと似た感じというかさ。年齢なんてどうでもいいこと聞くなよと思うし、どうでもいいこと聞かれたのにもったいつけるなよとも思う。

俺が直紀《なおき》さんを好きだから、「合コンにおける年齢問答」に過敏に反応しちゃうのかもしれない。直紀さんは俺より四つか五つ年上で、稼ぎも確実に俺よりうえなはずだ。それでなんとなく、引け目を感じるときもあるんだ。

ま、神去村《かむさり》に住んでいたら、合コンなんてちがう星の行事みたいに遠いものなんだけどね。なにしろ結婚してない若いひとって、村には直紀さんと俺ぐらいしかいないから。合コンしようにも、できないよな、そんな状況じゃ。参加者は直紀さん、俺。以上だもんな。合コンの意味ねえ。

思い返せば、俺が最後に合コンに参加したの、高三の冬か……。もう二年もいろいろご無沙汰《ぶさた》で、つらいです。あそこが爆発しそうです。って、こんなところに俺の下半身事情を書いてどうすんだ。

合コンについては、置いておこう。しょせんは異星の行事だからな。「いくつに見えますぅ？」的な駆け引き（なのか？）もなしで、さくさく話を進めちゃうよ。俺は自分の話したいことを、話したいペースで話す！　なぜなら、これは合コンではなく、パソコンに向かって一人で書いてるだけの文章だからだ！　……むなしさで胸が張り裂けそうです。

気を取り直して、いいニュースからお伝えしよう。平野《ひらの》勇気《ゆうき》、二十《はた》歳《ち》。このたび運転免許を取得しました！　めでたい、パチパチパチ。

フォークリフトとか船舶とかじゃないよ。普通自動車（マニュアル）の免許だよ。これでもう、行きたいところへ自由に行ける。直紀さんをドライブに誘うことだってできる。車持ってないから、ヨキに軽トラックを借りなきゃならないけど。

「お待たせしました、直紀さん。ヨキの愛車で恐縮ですが、さあどうぞ、軽トラの助手席へ」

……どうなのかなあ。デートの日、他人の車（しかも軽トラ）で迎えにくる男って。直紀さんは、あんまりそういうことを気にしないと思うが、俺がどうしても気になっちゃうんだよね。つまんないことだと頭ではわかってても、「年下で稼ぎも少なくて、神去では生活必需品である車すら持ってない男」って、きっと直紀さんに頼りなく思われるんだろうなあ、なんて。

こういうことをうじうじ考えてる、ちっちゃい男ですよ、俺は。一度は決心したはずなのにな……（なにを決心したのか、そこに至るあれこれは、このあと順を追って書いていく）。俺よ、その名のとおり勇気を出せ！　堂々たる態度で直紀さんをお誘いしろ！

……なんだっけ。そう、直紀さんに「ちっちゃい」って言われたんだよ。すごく衝撃を受けた。いや、下半身はまだ見せてない。そっちはフツーだと思う。いやいや、すぐにこうやって男の見栄《みえ》を気にするところこそが、俺の「ちっちゃさ」なのか。ぐあー、どうすりゃいいんだ。俺なんかミニマム男《お》だ。ちょっと語呂が悪いか……。じゃあ、ミニマム士《し》ってどうかな。ミニ・マムシ。あれれ、「シモのサイズが小さいマムシぐらいしかない」みたいな表現になっちゃったぞ。まじでシャレにならない。

はい、ここで悪いニュースをお伝えします。さっきからの流れで、薄々勘づいてたひともいると思うけど、直紀さんと喧嘩《けんか》しました！

神去地区のヨキの家から、中地区《なか》にある直紀さんの家まで、歩いたら四十分弱かかる。でも、俺は直紀さんに会いたくて、歩いていった。そのときはまだ、車の免許を取れていなかったから。一週間ほどまえのことだ。

軽トラを出してほしいとヨキに頼んで、直紀さんの家まで連れていってもらうことだってできた。直紀さんに電話して、ヨキの家まで遊びにこないかって誘うこともできた。だけどやっぱり、自力で顔を見にいかなきゃ、俺が本気だってこと、伝わらないだろ？　ヨキにからかわれるのも、いやだったしさ。

その日、仕事を終えて山からヨキの家まで下りてきたのが、夕方の五時だった。山間《やまあい》の村は日が暮れるのが早いから、あたりはもう薄暗かった。夕飯は、だいたいいつも六時半。それまでには帰るからとヨキに言って、俺は散歩に出るふりをした。

小さな橋を渡って、神去川沿いを下流へ向かって歩く。ヨキが不審そうに俺を見送ってるのがわかったけど、振り返らなかった。

神去地区を抜けると、中地区までのあいだに人家はない。右手には流れる川の音。左手にはすぐ山肌が迫り、杉の木が頭上を覆う。

はっきり言って、俺はびびってた。暗くなってから出歩くひとなんて、神去村にはいない。車だって、ごくごくたまにしか通らない（神去村の住人以外、こんな山奥の道を通る必要がないからだ）。街灯なんかないから、ほんとに真っ暗だ。いつ、山から凶暴な猪《いのしし》が飛びだしてくるか、道を踏みはずして川へ転落してしまうか、わからない。予想外の暗闇《くらやみ》の濃さに、びくびくしながら早足で歩いた。

片道四十分だから、夕飯にまにあうように帰るためには、直紀さんと会っても十分程度しか話せない。それでも、俺は半《なか》ば意地になって前進した。歩いてきたって知ったら、直紀さんも少しは俺のことを真剣に考えてくれるかもしれない。そんな計算もあった。

言い訳させてほしい。俺は自動車教習所に通うのが忙しくて、直紀さんとずっと会えてなかったんだ。

教習所に申し込みしたのは、六月半ばだ。梅雨のあいだは、悪天候で山仕事が休みになる日もあるから、ちょっと余裕ができる。「この機会に免許を取ったらどうだ」と、清一《せいいち》さんが勧めてくれた。

俺はもらった給料にほとんど手をつけていなかった。住むところと食事は、ヨキの家に世話になっているし（最低限の食費は入れてるけど）、村には俺が欲しいような服を売ってる店もない。仕事で使う道具や作業着は、中村《なかむら》林業株式会社から支給される。それで、清一さんの勧めに従い、教習所に申し込むことにしたんだ。いつまでも、ヨキに足になってもらうわけにもいかないしね。少したりないぶんは、清一さんから給料を前借りした。

問題は、教習所までどうやって通うかってことだ。なにしろ神去村は、ローカル線の終点の駅から、さらに車で一時間ほど山へ入ったところにあるんだ。教習所の送迎バスルートに、かすりもしていない。

困っていたら、みきさんが送迎を申しでてくれた。みきさんは赤い軽自動車を持っていて、ふだんは村の集会所の敷地に停めている。

「どうせ、久居《ひさい》に買い物へ行くんや。ついでに送り迎えしてあげる」

そういうわけで、俺はみきさんの車に乗せてもらって、久居という町の自動車教習所へ通うことになった。村からは、車で片道一時間弱かかる。教習の予約がうまく取れないこともあるし、山での作業もちゃんとやらなきゃならないしで、暇《ひま》を見つけるのがけっこうむずかしかった。

でも仮免までは、わりととんとん拍子で進んだんだ。そこで夏になっちゃって、林業の繁忙期が来たから、教習所通いは中断するしかなかったけど。

学校は総じて苦手かつきらいだった俺だが、教習所へ通うのはなかなか楽しかった。そりゃあ、嫌味な教官もいたけど、行き帰りの車のなかで、みきさんとしゃべったり歌ったりしてストレス発散できたしね。みきさんの買い物を手伝って、スーパーで食材を選んだり車まで運んだりもした。俺が教習を受けてるあいだ、みきさんは公立図書館で本を読んだり、喫茶店でコーヒーを飲んだりして、待っていてくれた。

秋になって山仕事が一段落すると、俺は教習所通いを再開した。路上教習がはじまり、慣れない運転で公道を走るから、神経を使ってけっこう疲れる。学科試験に備えて、いちおうテキストを読み返しもした。本業の山仕事に加え、しなければならないことが増えて、直紀さんになかなか会えなかったんだ。

これじゃいけない。俺は反省した。直紀さんとは、つきあってるわけじゃない。俺の気持ちは伝えてあるけど、直紀さんはためらっている。直紀さんは、清一さんのことが好きだからだ。お姉さんである祐子《ゆうこ》さんの夫なのに、いわゆる横恋慕《よこれんぼ》ってやつだ。

でも、直紀さんがためらうのは、たぶんそれだけではないと思う。

俺のこと、あまり信じてくれてないんだ。村にはほかに若い女のひとがいないから、手近な相手に告白しただけなんじゃないか。山仕事に音《ね》をあげて、すぐに街へ戻ってしまうんじゃないか。そう疑っているふしがある。

そんな疑《うたぐ》り深いところも、かわいくて好きなんだけどね。

直紀さんの疑いを晴らすことは、俺にはできない。ほかに女がいないからだろうと言われたら、「そうなのかな」とも思う。女のひとがいっぱいいる街で直紀さんと出会っていたら、特に好きにはならなかった気もする。だけど、それでもやっぱり、直紀さんが特別に思えたような気もする。直紀さんを好きになって以降、ほかの女のひとと直紀さんを比べたことなんてないから、よくわからない。

いつ、どんなきっかけで、山仕事に音をあげる日が来るのか、それとも永遠に来ないのか、それもわからない。神去の神さまのみぞ知る、だ。俺自身は、できるかぎり神去村で、神去の山で、働いて暮らしていきたいなって願ってるけどね。

とにかく、なんの証《あかし》もないし、約束もできないんだから、せめてマメに会いにいかなきゃダメだろ？　そうじゃないと、直紀さんはますます不安になって、俺の気持ちを受け入れてくれないままになってしまう。

そこで、「もうすぐ免許が取れそうです」ってことを伝えようと、俺は中地区まで歩きだしたんだ。正直なところ、会えない日がつづきすぎて、辛抱できなかっただけなんだけど。

暗い道って、実際以上に長く感じられる。中地区までは一本道なのに、「どこかで林道にそれてしまって、山のなかへ迷いこんでるんじゃないか」と、心拍数が上がってくる。なんとか伊勢《いせ》街道（といっても、夜はタヌキぐらいしか通らない道だ）の辻《つじ》までたどりついて、行く手に中地区の明かりが見えたときは、本当にホッとした。

直紀さんの家は、大きな神社のそばにある。直紀さんの祖父母が住んでいたという、古い家屋を手入れして、いまは一人で暮らしている。

神去小学校で先生をしている直紀さんは、二年生の担任だ。たぶん、もう帰宅しているだろう。予想どおり、敷地の隅には直紀さんの愛車《バイク》が止まっていた。大きなカワサキだ。それを横目に、俺は数段の石段を上り、玄関のまえに立った。深呼吸して気持ちを落ち着け、

「ごめんください」

と声をかけて玄関の引き戸を開ける（村で鍵《かぎ》をかけるひとは一人もいない）。

家のなかは暗く、静まりかえっていた。

この展開は考えてなかったなあ。俺はがっかりし、引き戸をもとどおり閉めて、玄関脇《わき》の外壁に背中を預けた。杉の梢《こずえ》に月がかかっている。直紀さんに会えないまま、また夜道を四十分も歩くのか。

すると、車のエンジン音が近づいてきて、ちょうど家のまえで停まった。買い物にでも行っていた直紀さんが、帰ってきたのだろうか。でも、直紀さんはバイクしか持ってないはずなのに……。

俺は身を起こし、石段のうえからそっと様子をうかがった。白いセダン（俺は車やバイクの名前に詳しくないんだ）の助手席から、直紀さんが降り立ったところだった。

「ありがとうございます」

直紀さんは運転席に向かって丁寧に礼を言った。車内のシルエットからして、どうやら相手は男みたいだ。エマージェンシー、エマージェンシー。どんな男なのか見きわめようと、俺は石段からろくろ首なみに顔を突きだした。くそ、今夜の月は細すぎるぜ、と思った。暗くては

っきりとはわからないが、二十代後半といったところか。

男は敷地を利用してスムーズに方向転換すると（俺なんか教習所で、縦列駐車をマスターするためにポールを数えてたっていうのに）、運転席の窓を開け、直紀さんを手招きする。男を見送る態勢でいた直紀さんは、素直に運転席のかたわらに歩み寄った。

男が直紀さんを見上げてなにか言い、直紀さんは少し身をかがめて、笑ったようだった。

キスとかしたら、俺はここで包丁を使って抗議の切腹をする！

深く決心し、男に嚙《か》みつけそうなほど、なおもろくろ首をのばしていると、物陰からのプレッシャーが効いたのか、男はやっと車を発進させた。軽くクラクションなんぞ鳴らして合図しやがって、夜だぞアホタレが。すかしとらんと、おとなしくさっさと去《い》ね。

俺は内心で悪態をついた。ヨキの柄《がら》の悪さが移ったみたいだ。直紀さんはといえば、走り去る車におじぎなんかしてる。へこへこはしていない。すっきりと背筋をのばした、凛々《りり》しいおじぎだ。

女の子に「かっこいい」と感じたのって、そういえば直紀さんがはじめてだな。うっかり見《み》惚《と》れていたら、石段を上がってきた直紀さんが、

「んぎゃーっ」

と悲鳴を上げた。その大声に俺もびっくりして、

「うひっ」

と三十センチぐらい飛びあがった。

「ななんや、あんたか」

直紀さんは自分の胸に両手を当て、呼吸を鎮《しず》めている。「なんでここにおるんな。驚いて死ぬかと思った」

「なんで、って、そんな言いかたないじゃないですか」

俺はカチンときて、ついぶっきらぼうに応じる。隣家の台所の窓が開き、

「直紀ちゃんか？　どないした、大きな声出して」

と、中年女性の心配そうな声がした。

「なんでもない。ごめんな、おばちゃん」

「大丈夫ならええんや。おやすみ」

「おやすみなさい」

直紀さんは俺の腕をつかみ、隣家からの死角にあたる玄関まえへと連行する。ご近所の防犯監視網は万全らしい。田舎のいいところだが、おちおち好きな女と密会もできない。

「あのな、ストーカーやなし、予告もなく待ち伏せせんとってくれる？　寿命が縮んだ」

「待ち伏せじゃなく、訪ねてきたら留守だったんですよ」

直紀さんは玄関を開け、

「なんか私に用があったん？」

と、不思議そうに聞いてきた。

用がなきゃ、会いにきちゃいけないのか。そりゃ、だめか。俺たち、つきあってはいないも

んな。

でも俺は無性に悔《くや》しくて、腹が立って、ぶっきらぼうを通り越してつっけんどんに言ってしまったんだ。

「俺の気持ちは伝えたでしょう。それをはぐらかしておいて、あの男はいったいなんなんです」

「はぐらかしてはおらんねぃな」

「へえ？　じゃ、俺とつきあってくれるんですか。もしかして、俺たちもうつきあってた？」

あせっちゃだめだとわかっていたのに、追いつめすぎた。玄関の引き戸に手をかけたまま、半身をひねった体勢だった直紀さんは、うろたえ、困ったように視線を落としてしまった。

俺は大きく息を吐いた。直紀さんが怯《おび》えたみたいにちょっと肩を震わせたので、さりげなく一歩下がって距離を取る。

「すみません」

と俺は言った。「いま、教習所に通ってて、もうすぐ免許取れそうなんです」

「そうか、よかったな」

直紀さんはやっと顔をあげた。月光がちょうど直紀さんの頰《ほお》を照らし、とてもきれいだ。

「それだけ伝えようと思って」

名残《なごり》惜しいけれど、俺はもう一歩下がった。「じゃ、帰ります」

「帰るって、そういえばどうやって来たんな。ヨキと一緒やないんか？」

「いえ、歩いてきました」

「歩いて⁉」

直紀さんは驚いたらしかった。「免許取れそうって報告するためだけに⁉」

なんだろう、直紀さんのこの、絶望的な鈍《にぶ》さは。せっかく美人で、子どもたちにも慕われてるいい先生なのに、恋愛方面の偏差値が低すぎねえ？

俺は、空けた二歩ぶんの距離を再度縮め、直紀さんの顔の両脇、引き戸に手をついた。俺の体が月光をさえぎり、直紀さんに影を落とす。

「言わせたいんですか？　どうして俺が、わざわざ歩いてここまで来たのか」

低い声で囁《ささや》くと、直紀さんは俺を見上げ……、プッと噴《ふ》きだした。

「なんでそこで笑うんですか！」

「堪忍《かんにん》。言わんでええわ、ようやっとわかったから」

直紀さんは身を折って、本格的に笑いはじめる。「私に会いたいて思ってくれたんやろ？」

いくらなんでも、ストレートに指摘しすぎだ。照れくささがいまさらこみあげ、俺は引き戸についていた手を力なく下ろした。

「そうですよ」

むっつり答えたら、直紀さんは笑いでにじんだ涙を指さきで拭《ぬぐ》った。

「さっきのひとは、同僚の先生や。今日は川中《かわなか》小学校で研修があったから、一緒に出席して、送ってもろただけ」

「そのわりには、親しそうに見えましたけど」

「それ、嫉妬《しっと》?」

「はい」

「免許取ったら、ドライブ連れてってぇな」

直紀さんの申し出に、すごく簡単に気持ちが浮上した。でも、それを見破られるのはなんだか癪《しゃく》だったので、わざと不機嫌な表情のまま、

「俺はさっきのひとみたいな、いい車持ってませんけどね」

と言った。

そこで放たれたのが、直紀さんの例の「ちっちゃい」発言だ。

「ちっちゃいで、あんた。嫉妬はかわいらしいこともあるけど、卑屈は見苦しくてかなわん。車なんて、走ればええんとちゃうの」

直紀さんは「フン」と鼻を鳴らし、自分だけするりと家のなかに入った。「ほな、気ぃつけて帰ってな。おやすみ」

引き戸が閉まり、その日の面会は終了。俺は「ちっちゃい」って言葉を頭のなかに渦巻かせながら、とぼとぼ四十分の道のりを帰ったんだ。たしかに見苦しくてちっちゃい自分の言動を思い返せば、恥ずかしさで顔が居酒屋の提灯《ちょうちん》ぐらい赤くなり、夜道を照らす勢いだった。

直紀さんと喧嘩し(というか、一方的に「ちっちゃい」宣言され)、俺が元気ないのは、ヨ

キもみきさんも繁《しげ》ばあちゃんも、すぐに気づいたと思う。もしかしたら、ノコも察していたかもしれない。夕飯の時間に遅れ、七時をまわって帰宅した俺の足を、庭にいたノコが心配そうに嗅《か》いでたから。

山から下りて、風呂にも入らず着替えもせずに、直紀さんのところへ行っちゃったもんなあ。直紀さん、俺のことくさいと思ったかな。そうじゃないといいけど。

「どこまで散歩いっとったんや」

ヨキは土間に置いてある縁台《えんだい》に腰かけ、足の爪《つめ》を切っているところだった。「さきに飯食ってもうたで」

「うん、ごめん」

俺が素直に謝ったからか、ヨキは「おや」というように顔をあげた。

「なんやしらん、ひょうついとるな（なんだか知らないが、心が寒々とした様子じゃないか）」

「べつに、そんなことないよ」

ヨキの視線を避ける形で、俺はガスコンロのほうへ足を向ける。みきさんが茶の間から土間へ下りてきて、

「勇気は座っとき」

と言った。「すぐに、みそ汁とおかずをあっためるでな。あんた、爪切り終わったら、お風呂沸かしてぇな」

「ほいさ」

ヨキは縁台から立ち、薪《まき》の準備をするために（ヨキんちは、五右衛門風呂《ごえもんぶろ》なんだ）、家の裏手へ出ていった。俺は、みきさんに手間をかけさせてしまって悪いなと思いながら、おとなしく茶の間に上がった。

繁ばあちゃんが卓袱台《ちゃぶだい》に向かって座っており、湯飲みを手に俺を見ていた。「穴が空きそう」ってこういうことか、というぐらい、ものすごく見てる。

「……なに？」

とうとう耐えきれず、繁ばあちゃんのほうにぎこちなく顔を向ける。

「なんでもあらへん」

と言って、繁ばあちゃんは歯のない口で笑った。俺がみきさんの運んできてくれた夕飯を食べてるあいだも、繁ばあちゃんはにまにましてた。やんなっちゃうなあ、ほんと。

翌日、俺は仕事を早退させてもらって、昼過ぎに一人で山を下りた。林道にはみきさんの赤い軽自動車が停まって、俺を待っていた。

「勇気、おつかれ」

「わざわざ寄ってもらって、すみません」

買い物に行くみきさんに便乗し、久居の自動車教習所まで連れていってもらう段取りだったんだ。

みきさんがハンドルを切り、車は砂利が敷かれた林道を走りだす。軽自動車にはきつい道で、上下動が激しい。ケツに直接砂利が当たってるみたいだ。しゃべると舌を嚙んじゃうので、俺たちはしばらく黙っていた。

「いよいよ卒業検定やな。緊張しとる?」

ようやく舗装された道路へ出て、みきさんが尋ねた。

「いえ」

「勇気はここまで、ストレートで来てるんやろ」

「はい。清一さんに前借りしてるんで、ダブるとどんどん給料減っちゃいますから」

「たいしたもんやわ」

みきさんは感心したように言った。「私なんて、仮免一回落ちたし、ふだんの技能の授業でもハンコもらえんで、三回ぶんぐらいよぶんにお金払う羽目になったで」

そうは言うけれど、みきさんの運転はとてもスムーズだ。穏やかにブレーキを踏み、慎重にカーブを曲がる。嫉妬の鬼の運転とは思えないほど、安全かつ堅実である。

「なあ、勇気。昨日、直紀のところに行ったんやろ」

「やっぱりばれてましたか」

「うん、ばればれ。昨夜《ゆうべ》うちのひとが、『勇気は直紀にふられたんとちゃうか』って、心配してたな。私に、『おまえ、さりげなく聞いてみろ』って言うんよ」

みきさんは、全然さりげなくない切りこみかたをしてきた。ヨキにも心配をかけちゃったんだなあ。そういえば、山でも俺に対してぎこちなく、気味悪いほど優しく接してきてたな。午前中のヨキの振る舞いを思い出し、俺は笑ってしまった。

「喧嘩というか……。俺が大人になりきれなくて、一人であせったり卑屈になったりして、直紀さんをあきれさせちゃったんです」

「へこむことないねぃな」

みきさんは愉快そうだった。「直紀はええ子やけど、言いかたきついでな。ひるまず、良いついていけばええんや」

「そうでしょうか」

「そうや。男のひとが大人になりきれんのなんて、女はみんな知っとる。そんなことでいちいちあきれとったら、男とつきあうなんてできんねぃな」

ヨキの奥さんであるみきさんが言うと、説得力がある。

軽自動車は、山のあいだの道をくねくねと下っていき、神去村を出た。神去川の川幅も太くなって、両岸に刈り入れの終わった田んぼが広がる。

はじめて赤信号につかまり（神去村には、ひとつも信号がない）、俺は助手席の窓越しに、茶色い田んぼのあちこちにいるスズメを眺めた。

「みきさんは、ヨキのことを子どものころから知ってるんですよね。ヨキとつきあったり結婚したりするの、ためらいませんでしたか」

ここは、経験者に教えを請う作戦に出たほうがいいだろう。そう考え、俺は尋ねた。

「ためらいはしなかったねぃな」

「でもあいつ、相当むちゃくちゃなやつですよね」

「そやな」

と、みきさんは微笑《ほほえ》んだ。「だけどヨキ以外、好きになれる男がおらんかったから、しゃあない」

思わずみきさんの横顔をうかがった。信号が青に変わり、みきさんは真面目《まじめ》な表情で、やわらかくアクセルを踏みこむ。

ヨキが初恋で、ヨキ以外の男は目に入らず、ヨキと結婚。どんだけヨキ命《いのち》なんだ。ヨキがスナックで遊んだら、そりゃあ嫉妬の鬼にもなるよな。

「ヨキと私のなれそめ、聞きたい?」

と、みきさんがちょっと恥ずかしそうに言った。明らかに聞いてほしそうだったので、

「聞きたいですね」

と答える。みきさんはハンドルを握ったまま、もじもじと座りなおした。

「うちがヨキのこと好きやったのは、村のみんなが知っとるで、改めてなれそめを話したことって、いままでないんや。うまく話せるやろか、困ったな」

自分から振っておいて、みきさんは照れている。それまで「私」と言ってたのに、「うち」に変わっちゃってるし。

繁ばあちゃんは、自分のことを「わて」と言う。みきさんは、「うち」だ。でも二人とも、それだと砕《くだ》けすぎてるうえに古くさいと思うらしくて（そのあたりのニュアンスは、俺にはよ

くわからない）、わざわざ「私」と言い直すことがある。ヨキによると、

「東京弁を話す勇気のまえやから、気取っとるんや」

とのことだ（正確には、俺は横浜生まれの横浜育ちだから、横浜弁なんだけどね）。俺がうまく神去弁をしゃべれれば、余計な気づかいをさせなくてすむんだけど、むずかしいんだよなあ。やっぱり、育った場所の言葉って、なかなか抜けないものだ。

「そう言わず、聞かせてほしいです」

と、あえてひと押ししたら、やっとみきさんはなれそめを語りだした。

それによると、みきさんは物心ついたときから、近所に住むヨキが好きだったんだそうだ。

そういうの、なれそめって言うか……？

「うちの実家は、橋のたもとにある中村屋（通称：百貨店）やろ。父は郵便局に勤めてもいるし、村じゅうのひとと顔なじみや。子どもやったヨキも、よく店に来とった。わらし（幼児）のころは、ヨキのお父さんやお母さんに手を引かれてな」

「ヨキのご両親って、早くに亡くなったんですよね」

そういえば、清一さんの両親にも会ったことがない、と俺は気づいた。どういうことだろう。ヨキや清一さんの両親は、たぶんみきさんの両親と同年代だろう。巌《いわお》さんより少し年上ぐらいだと思うが、その世代のひとを神去村ではあまり見かけない。

「うん……」

と、みきさんはやや沈んだ表情になった。「ヨキはあまり、ご両親の話はしたがらんのや。

つらい出来事やったでな。そのうち、勇気も知る機会があると思う」

それまでそっとしておけ、ということかな。俺は納得して引き下がった。

「店に来るとヨキはな」

みきさんの声が明るい調子を取り戻した。「うちの母の目を盗んで、売りものの飴玉《あめだま》を勝手に口に入れたり、うちのスカートをめくったりした」

「サイテーじゃないですか」

「うん。でも、優しい子やった。ほかの男の子らがうちをからかうと、ボコボコにのしてくれたし、たまに花を摘んできてくれたり、沢ガニを捕ってきてくれたりな」

なんとも野性味あふれるエピソードだ。元手ゼロで、みきさんの歓心をちゃっかり買っている。

みきさんの話によれば、みきさんとヨキは二つちがいで、神去小と神去中に一緒に通った仲なんだそうだ。

「当時から、神去地区は子どもが少なかったんや。だから、ヨキはうちにとって、遊び相手でもあるし、お兄さんみたいでもあった。もちろんうちは、最初から異性としても意識しとった」

「清一さんは？」

「清一さんは、うちらよりちょっと年がうえやし、将来はおやかたさんになるひとやろ。うちはなんとなく、近寄りがたくてな」

そんなもんかなあ。清一さんのほうが洗練されてるし、知性も、常識も、優しさも、ヨキよりあると思うけど。おうちもお金持ちだし。

でもまあ、猪を素手で絞め殺しそうな、雑草だってばりばり食いそうな、ワイルド系の男がみきさんの好みってことなんだろう。好みばっかりは、どうしようもないからな。俺は自分にそう言い聞かせ、みきさんの話に耳を傾けた。

「ヨキは小学校でも中学でも、女子にえらいモテてな。うちがどんなにヨキに『好きや』て言うても、笑っていなされるばっかりやった」

うーん、世の中には、ワイルド系が好きな女のひとがそんなにいるのか……。俺が自信をなくしているうちに、みきさんは嫉妬の鬼に変じていた。

「ヨキの初体験の相手、下地区《しも》におった出戻りの女やで。当時、三十歳ぐらいやったかな。ちょっときれいで色っぽいひとやったけど、中学生の男子を家に引きこむて、どうやの」

「犯罪ですね」

「やろ？　ヨキがまた、犯罪に嬉々《きき》として乗っかるからあかん」

みきさんは見事なハンドルさばきで、県道を走る中型トラックを追い越した。お願いですから、冷静に……。

「うちは諦《あきら》めんかった。松阪《まつさか》で下宿して高校に行っとったヨキを追って、うちも松阪に出た」

「高校も一緒だったんですか？」

「そんなわけないやろ。ヨキが通っとったのは、バリバリのヤンキー校や。うちはこう見えて成績よかったで、松阪高校や」

みきさんは胸を張る。俺もどちらかというとヤンキー校に通ってたので、助手席で居心地が悪くてかなわなかった。みきさんは大学にも行き、ヨキと結婚するまでは、津《つ》で働いていたんだそうだ。

「ヨキは高校でも、大モテでな。見かけるたび、ちがう女の子を連れて歩いとったわ。うちが校門で待ち伏せしとると、ビクッとなってな」

みきさんはほくそ笑む。

「ストーカーですよ、それ」

俺は自分を棚に上げてつっこんだ。

「ちゃう。恋心のなせる業《わざ》や。それぐらいせんと、ヨキはうちのことなんて忘れてまうでな」

そうかなあ。ヨキはいまも、なんだかんだでみきさんのこと、いつも気にかけてると思うけど。みきさんの嫉妬の鬼が発動しないか、いつも怯えてるとも取れるが。

とはいえみきさんも、高まるばかりのヨキへの恋心が、自分でも怖かったんだそうだ。少しはほかの男にも目を向けたほうがいいかと思い、同級生とつきあってみたりもしたらしい。

「でも、ダメなんや。キスぐらいはできるけど、それ以上はあかん。ヨキと一緒におったら、もっと楽しいやろなと、そんなことばかり考えてまう」

「ヨキと一緒に仕事してるけど、神経がすり減るだけな気がします」

「そりゃ、あんたが男やからや。ヨキは女を楽しませたり喜ばせたりすることに長《た》けとる」

シモの話？　そう思って、俺はみきさんの横顔を盗み見た。みきさんは俺の不穏《ふおん》な思考を読んだのか、

「あほ、全般的な話や」

と言った。

ヨキは高校を卒業すると、神去村に戻って、中村林業株式会社に就職した。それ以降、今日まで、清一さんとともに神去じゅうの山を飛びまわっている。

「ヨキが松阪からおらんようになって、うちはあせった。村に戻ったら見合いだって持ちこまれるやろうし、ヨキに粉《こな》かける女やっておるやろう。結婚されたら終わりや」

「ヨキは結婚なんかせず、いつまでもフラフラ遊んでいたいタイプに見えますけど」

「甘いで、勇気。ヨキはあれでいて、家庭に憧《あこが》れを持っとるタイプなんや。適当な女と結婚して、家庭内もそれなりに円満に、外でも自由気ままに、を理想としとる」

「サイテーじゃないですか」

「うん」

みきさんはちょっと悲しそうな顔になった。「でも、しゃあない。ヨキはさびしがりやから」

「ヨキはみきさんのこと、テキトーな女なんて思ってないですよ」

と、俺はあわてて言った。「最近は全然遊んでもいないし」

「そやな。勇気が神去に来てくれたおかげや」

みきさんは笑顔になった。「うちも、ヨキと添えるのはうちしかおらんと思っとる。ヨキの

性格も、考えも、経験してきたことも、うちぐらい知っとるもんは、ほかにおらんやろ。ただな……」

と言って、みきさんはため息をついた。

「結婚してわりと経《た》つけど、子どもがおらん。それはヨキに悪いなと思う」

みきさん、子どもが欲しいのか。思いがけない告白を聞いて、俺は動揺してしまった。

「みきさんが悪いと思う必要はないんじゃないですか。ヨキの口から『子ども欲しい』って聞いたことないし、これからできるかもしれないんだし」

「そやな。……夫婦で病院に通ってみたときもあったんよ。でも、村から遠いし、うちの治療もつらくてな。そしたらヨキが、『つらい思いすることあらへん。やめぇ』言うてな。『できるときは、できる。俺はみきがおってくれたら、それでええと思とる』って」

あのヨキが、「みきがおってくれたら」なんて、甘い口説き文句（？）を……。みきさんと二人のときは、わりと直球で愛を語ってるんだな。日々の直球戦法があるからこそ、けっこうな頻度で夜にラブラブできてるのか。

すっかりあてられてしまって、俺は頬を掻《か》いた。

「ええと、二人がつきあうところまで、まだ話が行ってないんですけど」

「そやった、そやった」

みきさんは頬を染める。「きっかけは、花見や」

清一さんの家の裏山には、神去桜という立派な木がある。神去村の住人は、その桜の下で毎年、盛大な花見を開催する。俺も参加したけど、飲めや歌えやで、すごく盛りあがるんだ。

そういえば巌さんが以前、「花見のとき、ヨキがみきを茂みに押し倒した」って言ってたっけな……。ヨキが高校生のころの話だと聞いてたけど、卒業はしてたのか。って、みきさんはまだ高校生だったんだろ。淫行罪《いんこうざい》だぞ、ヨキ。

まさか、そんな獣的《けものてき》エピソードが交際のきっかけ？

いやな予感は当たった。みきさんによると、「花見のときに既成事実ができた」のだそうだ。

「うちからヨキに迫ったんや。『やるか、やらないか、ここで決めて』って」

ああ、なんという直球夫婦。順を追って説明すると、こういうことだったらしい。

まず、ヨキが花見の席で、当時高校生だったみきさんに話しかけてきた。花見が開催される週末、みきさんは村に戻っていたんだ。

「最近、松阪高のモヤシとつきおうとるそうやないか。お目付役の俺が村に帰って、親もそばにおらんからいうて、あんまりワヤ（奔放）なことしたらあかんで」

「あんたに言われたない。それに、うちがつきおうとるて、どっから聞いたん」

「松阪には、俺の手下《てか》のもんがようけおるんや。情報は村におっても入ってくる。とにかく、親を心配させるようなことはやめるねぃな」

「あんたとちごて、清らかなもんや。だいたい、うちの親を安心させたかったら、あんたと結婚するのが一番手っ取り早い」

「またそないなこと言うて……」

「なんでダメなの。うちのこときらい?」

「きらいなわけあるか。でも、みきのことは、わらしのころから知っとるんやで。いまさらそないな目で見られるかいな」

「じゃ、放っておいて。うちにはあんたしかおらんて、何度も言うた。それでもあんたが無理やて言うなら、しゃあない。松阪に戻ったら、うちはいろんな男とやりまくる」

「なんでそうなるんや」

「処女のまま死にとうないもん」

「アホ。だからって、いろんな男とやりまくらなくてもええねぃな。好いた男と、穏当《おんとう》にやれや」

「あんた以外に好いた男はおらんし、好かれても困る。だから、やりたくなったら、いろんな男とやるんや」

「面倒なこと言うて、まいったなあ……」

「うちは、そのうちヤクザに引っかかって、売り飛ばされてしまうにちがいないで」

「そんなわけあるか」

「いいや、きっと絶対にそうなる。なあ、幼なじみとしてしか見られなくてもええ。うちの転落人生を食い止めたいとちょっとでも思うなら、ここで決めて。やるか、やらないか、どっちかや」

　すげえなあ。俺は助手席で笑ってしまった。

「脅迫ですよ」

「まあ、そうやな」

「で、やっちゃったんですね」

「ヨキは一回やれば、うちの気がすむと思うたんやろ。狭い村で、わらしのころから一緒に過ごしたで、踏ん切りつけないかぎり、ほかの男にも目が行かんのかもしれん、て」

「でも、結局それがきっかけで、ヨキとつきあいだしたんですよね？」

「ううん。その一回きりで、ヨキはうちにはもう手を出してこんかった。帰省しても、素《そ》っ気《け》なくてな。悲しかった」

みきさんが運転する車は、いよいよ久居の町に入った。自動車教習所の建物が見えてくる。

「なあ、勇気」

急に思い立ったように、みきさんが言った。「セックスって、一回だけでもう満足ってひと、おるんかな。一回もしたことなかったら、それはそれでええと思うんや。でも、好いたひとと一回でもしたことあったら、またしたくなるのが人情やろ」

俺は腕組みして考える。

「そうですねえ。一回だけ経験した、っていうひと、あまり聞いたことないですね。最初の関門を越えると、そのあとハードルが下がりますし。『まあいいか、このひととやっちゃおう』となりやすいっていうか」

そこで俺は、ふと気がついた。「もしかしてみきさん、ヨキとやったことでハードル下がって、そのあと、いろんな男とやりまくっちゃったとか?」

「ふふふ、どうでしょう」

みきさんは自動車教習所のまえで車を停めた。「つづきは帰り道でな。卒業検定、気張りんさいな」

ちょっと! 気になっちゃって、卒業検定どころじゃないよ!


俺のドラテクは相当なものなので、みきさんという気がかりはありつつも、卒業検定は見事一発でパスした。

迎えにきてくれたみきさんの車に向かって、笑顔で手を振ってみせる。

「受かったんか、おめでとう」

「ありがとうございます。運転免許試験場へ行って、最後に学科試験を受けなきゃいけないですが」

「いくらでも送っていってあげる。今度の週末がええかな」

みきさんはうきうきした様子で、俺の自動車教習所卒業を喜んでくれた。「勇気はきっと合格すると思うて、さっきスーパーで鯛《たい》と牛肉買っておいたで」

「すごいご馳走《ちそう》ですね」

しかしそれよりも、いまは気になることがある。「あのー、話のつづきですけど……」

「そやった、そやった」

みきさんはうなずく。「安心せえ。うちは大学行ってるあいだも、津で会社勤めしとるあいだも、だれともつきあわんかった。ヨキ以外の男は、あいかわらず『へのへのもへじ』みたいなもんやったからな」

「じゃあ危うく、一回しかセックスしないまま死ぬとこだったんですね」

「うん。だけど、そうはさせないのが、ヨキのええところや」

うっとりした口調で、みきさんはフロントガラス越しに夕暮れの空を見上げる。ちゃんとまえ見て運転してください。

「津で一人暮らしして、三年ばかり経ったころやろか。ヨキが突然、うちのアパートを訪ねてきたんや」

「勝手なやつだな。部屋に上げたんですか」

「そりゃ、好きな相手やもん」

みきさんが出したお茶を飲みながら、ヨキは言ったそうだ。

「どや、俺のほかにも、いくらでもええ男がおるて、そろそろわかったか」

「わからん。うちにはあんただけ、てことしかわからん」

テーブルを挟んで座っていたヨキは、黙ってみきさんを見た。それから湯飲みを置き（みきさんが持ってた湯飲みも奪って、テーブルに置いたらしい。やっぱり勝手だ）、椅子《いす》から立ちあがると、みきさんの腕をつかんでベッドへ連れていった。

「『根負けした』って、ヨキは言うた。『大人になっても答えが変わらんのなら、それが正解なんやろ。俺にもおまえだけやと観念するわ』。そういういきさつで、うちとヨキは結婚したんや」

「だけど、結婚してからも、ヨキは『みきさんだけ』じゃなかったわけですね……」

思わずつぶやいたら、

「そうなんよ！」

と、みきさんの髪の毛が逆立った。「ひどい男やと思わんか。腹立つねぃな」

いけない、いけない。嫉妬の鬼を目覚めさせてしまった。

「いや、すみません。いまはヨキ、ほんとにみきさんだけですから」

急いでなだめたおかげで、なんとか追突や暴走の危険は避けられた。早く正式に免許を交付してもらって、自分で運転しなきゃ、危なくてしょうがない。

久居の市街地から離れ、神去川を上流へと向かうあいだに、空はすっかり暗くなった。道を行く車もどんどん少なくなり、テールランプのかわりに星が瞬《また》きだす。

「なんでうち、ヨキとのなれそめなんて話しとるんやろ」

みきさんは運転しながら、しきりに首をひねった。みきさんが率先して語りだしたんですよ。

俺が黙っていたら、

「そうや。あんた、直紀と喧嘩したんやったな」

と、話が出発点以前に戻ってしまった。

「喧嘩というか……」

「免許もろたら、直紀を誘いにいくとええ」

みきさんは優しく言った。「ヨキの軽トラでも、この車でも、いくらでも貸すでな」

「『うん』って言ってくれるかなあ」

「大丈夫や。押したもん勝ちってことは、私の話を聞いてわかったやろ」

あ、「私」に戻った。

「みきさんとヨキが、なんだかんだ言って、お互いを長いあいだ好きだったことはわかりました」

「調子ええこと言うて」

くすぐったそうに笑うみきさんは、たしかに魅力的で、生命力にあふれている。ヨキがみきさんを大切に思い、最後には全面降伏したのもわかる気がした。

たくさんのひとに会って、勘違いとか、時間をかけて考えても、やっぱりみきさんの答えは変わらなかった。ヨキへの思いは、村の人口が少ないからとかではなかった。

たった一人のひと。過疎《かそ》の村・神去で、ものすごい確率でみきさんは出会ったんだ。運命のひとに。運命だってこと、力業《ちからわざ》でヨキにもわからせた。

こんなふうに考えるのは、女子っぽいっていうか、ロマンチックすぎるかな。

でも、俺もひるまずに直紀さんをドライブに誘おう。今度はちゃんと、あなたしかいないって堂々と言おう。

車も金もないし、堅い職業にも就いていない。俺がやってるのは、林業だ。何千本もの木と百年単位の労力が、ひとつの台風で一晩のうちにふいになってしまうような仕事だ。その点、博打《ばくち》みたいなもんだし、作業は危険だしきつい。

でも、やりがいがある。学校の先生にだってひけを取らないぐらい、大切で重要な仕事だ。

直紀さんは、そのことをわかってくれている。直紀さんを送ってきた男を見て、俺が勝手に引け目を感じていただけで。

みきさんの嫉妬は収まったみたいだ。軽自動車はなめらかに走る。奥深い山のほう、神去村のほうへ。

山々の黒い稜線《りょうせん》と、それを縁取《ふちど》るように輝く銀の星を眺めながら、俺は決心した。

ヨキに借りた軽トラックで、直紀さんをドライブに誘おう。そのうち金を貯《た》めて、自分の軽トラックも買おう。俺の本気が、直紀さんに伝わるように。

そう決めたら、なんだかわくわくしてきて、こうやって書かずにはいられなくなったんだ。

よし、がんばるぞー！　ドライブへのお誘いに、直紀さんがどう答えたかは、また今度ね！

第三夜

神去村のおやかたさん

みなさんの平野《ひらの》勇気《ゆうき》です。なあなあ（神去弁《かむさりべん》。もともとは「ゆっくりいこう」「まあ落ち着け」って意味だけど、「いいお天気ですね」とか「どうもー」って感じの挨拶《あいさつ》にも使われる）。

今年は寒くなるのが早い。毎晩、騒がしいバンドみたいに鳴いていた虫の声も、すでに聞こえなくなった。冬が近づくにつれ、こうしてだんだん村は静かになっていき、やがては雪に包まれる。

十一月に入って、山の標高の高い部分で紅葉がはじまりだした。といっても神去村は、取り囲む山のほとんどが植林されている。杉かヒノキでほぼ覆われているから、冬でも紅葉せず、山の見た目の大半は緑のままなんだけどね。

それでも、春先の透きとおるような緑や、真夏のむせかえるような濃い緑とはちがう。少し黒みを帯びたみたいな、落ち着いた色になって、白く厚い雲の下で本格的な冬の訪れに備えている。その合間にぽつぽつ残った落葉広葉樹が、山頂付近から里のほうへ向かって、徐々に赤や黄色に葉の色を変えていく。

針葉樹を植林した山に、なんで広葉樹が残ってるのか、理由はいくつか考えられる。

一、山の境界を示す目印がわりに残した。

ひとつの山を一人のひとが持ってるかというと、そうじゃない。清一《せいいち》さんは、ひとつどころか百個ぐらい山を持ってるけど、山持ちの多くは、ひとつの山の一部分を所有してるんだ。たとえば、ある山の斜面の東がわはAさん、西がわはBさん、って感じに。

境目に壁を作ったりロープを張ったりするわけにはいかないから、かわりに広葉樹を一本だけ残す。このケヤキより東がわの杉やヒノキは、Aさんのもの。西がわはBさんのもの。標識や看板だと、錆《さ》びたり腐ったりするけど、もともとそこに生えてる木だったら、百年単位で生きつづけるからね。しかも、整然と並んだ針葉樹のなかに、一本だけ広葉樹があると、すごく目立つ。広葉樹は天然の境界線（点だけど）なんだ。

二、植林できなかった。

山の斜面は、たいらじゃない。細かいでこぼこがたくさんあるし、過去に起こった山崩れのせいで、斜面の一部が深くえぐられているところもある。大きな岩が顔を覗《のぞ》かせていることだってある。

そういう場所には当然、杉やヒノキを植林しにくい。ヨキは怪力だから、大岩ぐらいどけちゃいそうだけど。

村には「なあなあ」精神が蔓延《まんえん》しているので、「こりゃあ、植林するのに労力がようさんいるで」という場合には、「やめとこ、やめとこ」となる。とはいえ、「斜面じゃなくて、崖《がけ》だろ、これ」って場所にも、ひるまずに杉やヒノキの苗《なえ》を植えることもあるけどね。特にヨキ。怪力なうえに恐いもの知らずだから、苗をたくさん入れた籠《かご》を背負って、ちびりそうな崖にもどんどん降りていく。

でもまあ、林業に従事するひとがみんな、ヨキみたいに猿《さる》なみの運動能力を誇っているわけではない。どうしても植林できないような場所には広葉樹が残って、なかには色づいた葉で俺たちの目を楽しませてくれるものもあるんだ。
三、山の持ち主が、林業をやめた。
清一さんが嘆《なげ》いているんだけど、いまは外材《がいざい》がいっぱい入ってきてるし、日本の林業は押され気味だろ？　決して効率のいい仕事じゃないから、山を持っていても、もう林業をしていないひとも多い。植林されている場所であれば、山をいい状態に保てるように、中村《なかむら》林業株式会社や森林組合が、持ち主のかわりに手入れを請け負う。でも、育った杉やヒノキを伐倒《ばっとう》して出荷したあと、「新しい苗は植えなくてええです。林業は儲《もう》からないし、手を引くわ」と言う山持ちさんもいる。

そうすると、斜面に空きができてしまう。そこに、まずはシダが生い茂る。次に、鳥や風が種を運んできて、木が生えはじめる。長い年月をかけて、自然と広葉樹の森ができあがる。

ところが、シダがあまりにも繁茂しちゃって、なかなか木が生えなかったり、生命力の強い竹ばっかりが、どんどん増えてしまったりもするんだ。そこで清一さんは、山持ちさんと交渉して、その斜面を買い取ったり、友だち価格で管理を任せてもらったりしている。あんまり利益にはならないけど、シダを刈ったり竹を切ったりして、こつこつと山を手入れするんだ。広葉樹でも針葉樹でもいいから、斜面にちゃんと木を生やしておかないと、山崩れが発生する可能性が高まるし、鳥や獣が憩《いこ》えないし、山が水を蓄えてくれなくなるからね。

そういうわけで、針葉樹が植林された山でも、斜面の一部にぽこりと広葉樹エリアができてる場合があるんだ。
四、どうしても伐倒できない広葉樹だった。
植林するまえには、そこに生えてる広葉樹を伐倒するんだが、巌《いわお》さんいわく、「切るのが畏《おそ》れおおいほど、神々《こうごう》しい木がたまにある」そうだ。

ふだん山で仕事をしているなかで、俺はそこまでの大木にはお目にかかったことがない。神去村周辺では、江戸時代から林業が盛んに行われていたので、広葉樹の森を一から開拓するなんて、いまはほぼないからね。

でも、いまもあちこちの山に、「ご神木《しんぼく》」って感じの大きな楠《くすのき》やケヤキが残っている。針葉樹が立ち並ぶなかで一本だけ、堂々と枝を広げている。山仕事の途中でそういう木に行きあうと、三郎《さぶろう》じいさんや清一さんは必ず、水筒に入った水やお茶を少し捧《ささ》げ、手を合わせる。信仰心というより、目上のひとへの当然の礼儀や挨拶としてやっているみたいだな、と俺は思う。

山のなかで頼れるのは、自分と班のメンバーだけだ。それでもどうしようもない事故や天候の急変は起こるもので、山の神さまや大木を敬う気持ちにも自然となるんだ。「最後は神だのみ」っていうと、なんだか現代人として失格っぽいけど、運や神さまに任せるしかないときもあるぐらい、きつくて危険な面も持ってる仕事ってことだろう。

巌さんは二十代のころに一度だけ、南の山の奥のほうで、ケヤキの大木を切ることになったそうだ。

「そのあたりは、しばらく植林をやめとったところでな」と巌さんは言った。「斜面は広葉樹の森になっとった。杉の苗を植えるために、俺たちは栗《くり》やらモミジやらをずんずんと伐倒して、地ならしをした。そうしたら、問題のケヤキに行き当たったんや」

幹の太さは、大人が三人がかりで腕をまわしたぐらいあり、枝ぶりも立派だったそうだ。

「植林をしていたころ、境界樹として残したものやったんやろな。ますます育って、巨木になっとった」

「当時の班長は、杉下《すぎした》さんいうてな」

と、三郎じいさんが口を挟んだ。「もう亡《の》うなったけど、腕がよくて信心深いじいさんやった」

「そや、そや」

巌さんはなつかしそうにうなずく。「怒るとすぐ拳骨《げんこつ》飛ばしてきよるから、あだ名はゲンコツ」

まんまな命名……。にしても、ヨキみたいな班長だなあ。いまの班長が腕力に訴えない清一さんで、ほんとによかった。これからヨキのこと、ゲンコツって呼んでやろうかな。

若かりしころの巌さんと、すでにして中年だった三郎じいさんは、ケヤキの巨木をまえに奮い立った。こんな大物を伐倒できるとは、と血がはやってしょうがなかったそうだ。

ところが、ゲンコツさんはちがった。巌さんと三郎じいさんをなだめ、まずはケヤキの根もとに水を注ぎ、しゃがんで手を合わせた。それから立ちあがり、うつむき加減にケヤキの周囲を三回まわった。葉ずれの音に耳を傾けているようだったという。

じりじりしながら待っていた巌さんと三郎じいさんのまえに立ち、ゲンコツさんは言った。

「この木は長らく、この山の斜面を守ってきた。山の神さんの依《よ》り代《しろ》となって、嵐《あらし》や積雪から、周囲の木々と獣の命を救ってきた。わしは、伐倒には反対や」

「『なんちゅうメルヘンなこと言うとるんや』て、正直なところ思ったたな」

と、巌さんは言った。「俺も三郎じいさんも、『アホなことを』とゲンコツはんに詰め寄った。『そんなこと言うとったら、仕事なんかできんねぃな。あんたがいやや言うなら、もうええ。俺たちだけで切るで、そこで見とってや』」

巌さんと三郎じいさんは買ったばかりのチェーンソーを手に（手軽に持ち運べるチェーンソーが、山仕事の現場に浸透してきた時期だったんだ）、意気込んでケヤキに近づいた。

「そしたらおかしなことに、急に俺の腹が下ってのう」

と、三郎じいさんが首をひねりながら言った。「茂みのなかでしゃがんだまま、腹がいとていとて（痛くて痛くて）、動けんようになってしもた」

「それを見て、俺もなんだか寒気がしてきた」

巌さんがあとを引き取る。「ゲンコツはんは、『それみぃ、言わんこっちゃない』と、笑っとった。とうとう切るのは諦《あきら》めて、班の全員でケヤキに頭下げた。そしたら三郎じいさんの腹痛が、嘘《うそ》のように治ったんや」

以降、そのケヤキはご神木として崇《あが》められるようになったそうだ。ケヤキもすごいけど、腹痛によって伝説を生みだした三郎じいさんもすごいよな。

「不思議なこともあるもんですねえ」

昼飯の特大おにぎり（みきさん作）にかぶりつきつつ、俺は言ったよ。ケヤキのたたりなんて信じられないけど、腹痛を起こした張本人が隣でお茶飲んでるんだから、納得するしかない。

その話を聞いたのは、西の山で枝打ちをしている日で、山腹で昼休みを取っているところだった。

「南の山には、ご神木となったケヤキがいまも生えている」

と、清一さんが補足した。「勇気もおいおい、仕事で行くことがあるだろう。そのときは、お供《そな》えをして挨拶するのを忘れちゃいけないぞ」

「はい」

俺はうなずいた。四十年生のヒノキの根もとを、ノコがくんくん嗅《か》いでいる。

「大木を切ろうとして気分が悪くなるなんて、本当にあるんですね。なんだかこわいな」

「こわいことあらへん」

と、斜面に寝っ転がったヨキが言った。「礼を尽くして、切るときは切る。『なんかいやな感じがするな』と思うたら、引けばええんや」

「ヨキはものすごい大木を、けっこう伐倒してるだろ。三郎じいさんみたいな経験はないの?」

俺が尋ねると、「そやなあ」とヨキは鼻の頭を指でこすった。

「俺が山で気分悪くなったのは、一度だけやな」

「あれは単なる熱中症だろ」

清一さんが苦笑し、俺に説明してくれた。「真夏に手分けして下刈りをしていたんだが、昼休憩の時間になってもヨキが現れない。様子を見にいったら、草むらのなかで真っ赤になってのびていた」

「自分が熱中症やて、わからんかったんや」

ヨキは身を起こし、そばへ戻ってきたノコの頭を撫《な》でた。「当時はいまほど、テレビや新聞で熱中症対策を盛んに報じたりもしとらんかったしな。懸命に草を刈っとったら、なんやくらくらする。『地震かいな』て思った次の瞬間には、意識を失っておった。じきに目を覚ますと、青い空が見える。知らんうちに倒れとったんやな」

「それで、清一さんに助けてもらったの?」

「うんにゃ。そのときはまだ、清一は来とらんかった。『どうしたことやろ』ととりあえず体を起こして、まずは心を落ち着けるために煙草《たばこ》を吸った」

「だめだろ、それ」

俺があきれて言うと、

「だめやったな」

とヨキはうなずいた。「途端にまた、くらくらくらーっとしてもうて、草のなかへ逆戻りや。次に目が覚めたときには、横で清一が、煙草のせいでくすぶった草をあわてて踏みしだいとった」

「まったく人騒がせなやつだよ」

清一さんはため息をついた。「山で煙草を吸うときは気をつけろって、いつも言ってるのに、もう少しで小火《ぼや》になるところだった。それ以降、俺の班は山では全面禁煙だ」

「それにしても薄情やで、おまえ」

ヨキは不満そうだ。「倒れてる俺には目もくれず、まずは消火活動なんやから。火が出た言うても、草のさきっぽがちょいと焦げたぐらいやったのに。まずは幼なじみに、『どうした、大丈夫か』の一言ぐらいあってもええちゅうもんや」

「おまえへの延焼を防いでやったんじゃないか。感謝されることはあっても、文句を言われる筋合いはないぞ」

ヨキと清一さんは、性格も考えかたもまるでちがう。

ヨキを一言で表すなら「はちゃめちゃ」で、一カ所にじっとしていられない。たとえば、山仕事を終えて家に帰り、ヨキが土間で黙々と斧《おの》を研《と》いでいたとする。俺は、同じく土間にある台所で、夕飯を作るみきさんの手伝いをする。平穏《へいおん》な夕べの情景だろ？　ところが、「ご飯できたよ」と声をかけようと思って振り返ると、もうヨキはいないんだ。こっそり家を抜けだし、軽トラックに乗って町へ飲みにいっちゃってるんだよ！

みきさんは怒るし、繁《しげ》ばあちゃんは仏壇や神棚に向かって拝みだすしで、俺としてはいたたまれない。当のヨキはというと、代行業者に軽トラを運転してもらって、夜半に意気揚々と帰宅する。たまに、

「お宅の旦那《だんな》はん、途中で車から飛びだしてってしまいましたで」

と、業者のひとが軽トラだけを届けることもある。みきさんは怒りが沸点に達して一睡もできないし、繁ばあちゃんは「わて、永遠に眠ってしまいそうや」とあきれて天を仰ぐしで、俺としてはヨキを探しにいくほかない。

町の近くで車から飛びだされたんじゃ、朝になるまで放っておくしかないけれど、ヨキはたいてい自宅近く、神去川のほとりで眠っている。なんで川なのか、そのあたりの意図は、酔っ払いのすることなのでわからない。みきさんは、

「家が近づいてくると車から脱走を図るなんて、そないにうちの顔を見るのがいやなんか」

と、怒りのパワーで神去山の標高を三十センチぐらい押しあげそうな勢いだ。俺は、「いや、逆じゃないかなあ。『近所まで戻ってきた』っていう安心感から気が大きくなって、先走って車を降りちゃうだけじゃないかなあ」と推測してるんだけど。

とにかくヨキは、夜露に濡《ぬ》れた川べりの草むらに横たわり、小岩を枕《まくら》に高いびきだ。夏は蚊《か》に食われ放題だし、冬なんかフツーだったら凍死するところだ。でも、ヨキはフツーじゃないので、幸せそうな顔で爆睡している。ヨキをかついで、夜道を家まで戻らなきゃならない俺は

不幸だ。そういう晩はなぜかいつも、星がものすごくたくさん瞬《またた》いている。眠るヨキを見守るみたいに。

世間体も家庭もあまり顧《かえり》みないヨキとちがって、清一さんはとても常識的なひとだ。おやかたさんとして、若いのに村のリーダー的存在だし、中村林業株式会社の経営も順調らしい。家庭内もうまくいっているようで、祐子《ゆうこ》さんと山太《さんた》は清一さんを信頼しまくってる。清一さんが会社の用事で名古屋へ行くときなんて、祐子さんと山太は軽トラのテールランプが見えなくなるまで手を振りつづける。ヨキだったら、「ほんまに出張か。女遊びしにいくんやないねぃな」って、みきさんに疑われまくるところなのに。山で清一さんが食べてる弁当も、彩りもきれいで手がこんだもので、すごくおいしそうだ。

清一さんも、俺たちのまえでは口に出さないけど、家族を大切に思ってるんだなってことはじゅうぶん伝わってくる。清一さんは山での作業の合間に、まるいドングリを拾ってぴかぴかに磨いたり、アケビの実を採ったりすることがある。雉《きじ》の見事な尾羽が落ちているのを見つけ、うれしそうに作業着の尻《しり》ポケットに挿《さ》していたこともあった。たぶん、山太や祐子さんへのお土産《みやげ》なんだろう。うつくしい鳥の羽を眺めながら、一日にあったできごとを穏やかに語りあったり、ドングリに楊枝《ようじ》を刺して、コマを作って遊んだり。そんな家族の姿が思い浮かぶ。平和だ。ヨキんちとちがって、きわめて平和だ。

こんなに真逆な部分ばかりなのに、ヨキと清一さんは仲がいい。神去村の七不思議のひとつかもしれない。山での作業中、特に言葉も交わさないまま、息ぴったりでお互いを手助けしているのを何度も見た。ヒノキに登って枝打ちをするヨキが、ちょっと首をかしげようものなら、清一さんはすかさず地上からロープを放りあげる。それを見て俺ははじめて、「そういえば、あの枝は隣のヒノキの枝に少しかかっちゃってるな。ロープで支えながら切らないと、隣の枝も重みで一緒に折れる可能性がある」と気づくんだ。

昼に弁当を食べているとき、清一さんのおかずをヨキが横合いからかすめ取ることがある。清一さんはたいがい、黙って箸《はし》を運びつづける。ヨキも我が物顔で、盗んだおかずを食べる。でも、おかずが鶏《とり》の唐揚げ（清一さんの好物のようだ）のときは様子がちがう。清一さんは弁当の蓋《ふた》でさりげなくヨキの攻撃を防ごうとし、ヨキはそれでも隙《すき》を突いて唐揚げをかすめ取る（異様に素早い動きができるのがヨキという男だ）。かすめ取った次の瞬間には、ヨキは自分のおにぎり片手に、ダッシュで清一さんの隣を離れる（唐揚げはすでに口に含んでいる）。清一さんは悔《くや》しそうに、地面に落ちてる杉の葉っぱを投げつける。三郎じいさんが、「やめるねぃな！　いつまでもわらしめいた（子どもじみた）ことしよって、弁当に埃《ほこり》が入るやろが」と二人を一喝する。

幼なじみって、こういうものなのかな。ヨキと清一さんは、子どものころのノリのまま、無邪気に遊んでる感じがするときがある。けど、気心の知れた大人同士として、真剣な顔で仕事について話しあってるときもある。俺には幼なじみがいないから、二人にだけ通じる間合いや距離ってものが、実感としてよくわからない。

子どものころから、すぐそばで一緒に育って、一緒に大人になって、職場まで一緒のひとって、特に都会ではほとんどいない気がする。たいがい、進学や親の転勤をきっかけに疎遠になるもんだよな。働き口もいっぱいあるから、仕事まで同じなんてこと、ほとんどないしね。だから二人を見てると、なんだかうらやましいような、鬱陶《うっとう》しく感じるときはないのかなと心配なような、そんな気持ちになる。もしかして俺には、本当の意味での友だちなんか一人もいないんじゃないかと、自分にがっかりもする。

ヨキと清一さんにとっては、お互いの存在はほとんど家族みたいなもんで、改めて「友情とは」なんて考えもしないのかもしれないけどね。

てなわけで、「薄情や」「消火活動を優先してなにが悪い」とやりあう二人を尻目に、俺はおにぎりを食べていたんだ。遠くの山で、一本だけ紅葉している木を眺めながら。それは、夜道にぽつりと浮かぶ煙草の火のようにも、暗い海に漂う鬼火のようにも見えた。といっても、こわくはない。なんとなくなつかしい、引き寄せられていくみたいなきれいさだった。

仕事は夏ほど過酷じゃなくて、はじまったばかりの紅葉を眺め、「友だちってなんだろな」なんて柄《がら》にもなく考えてみちゃったりして、のんびり過ごしてるように見えるだろう。だが、それはアサハカってもんだぜ、みんなたち！　実は最近、俺はものすごく忙しい日々を送っているのだ。

なぜなら、軽トラックで村じゅうを駆けめぐっているからだ。作業着の胸ポケットに、燦然《さんぜん》と輝く運転免許を入れてね。俺のドラテクに、全村が泣いた！（映画の宣伝ふう）いたずら好きの猿すらも、ひれ伏して道を譲った！

ま、多少危うげある走りながらも、いまんところ動物も轢《ひ》かず（ひとよりも圧倒的に数が多いので、気をつけてないとはねる確率も高い）、ヨキの軽トラを操ってるってことだ。稲わらを運ぶためにね。

刈り入れが終わると、田んぼには稲わらが残される。その場に積んで、しばらく乾燥させてから、昔は冬に草履《ぞうり》を編んだり、焚《た》きつけに使ったり、牛や馬の餌《えさ》や寝床にしたりしたそうだ。でも、いまはあんまり使い道がないだろ？　しょうがないから、燃やしちゃうことも多いけど、稲わらの需要が完全になくなったわけでもない。

そこで、俺の登場だ。山仕事を終えた夕方に、稲わら配達人のアルバイトをはじめたんだ。少しでもお金を貯《た》めて、早く自分の軽トラを買いたいなと思ってさ。

稲わらを軽トラックの荷台に積んで、必要とするひとのところへ届ける。村には老人が多い。じいちゃんばあちゃんにとっては、乾燥した稲わらといえど、運搬と積み降ろしはけっこう大変だ。「配達してくれ」って依頼は、思ったよりもあった。「ご要望に応じて、勇気が稲わらをお届けするで」という情報は、班のメンバーがあっというまに村じゅうに広めてくれた。口コミって重要だ。

あっちの田んぼからこっちの牛舎へ（村には二軒ほど、牛を育ててる家があるんだ）。草履づくりが趣味のおばあちゃんちへ。寒さよけに畑の畝《うね》にわらを敷きたい農家へ。一日に一、二軒ではあるけれど、稲わらの配達に余念がない俺だ。途中で直紀《なおき》さんの家へ寄ってみることもある。直紀さんは気が向くと、軽トラの助手席に乗ってくれる。

夕暮れから夜へと移り変わる村の道を、俺たちはドライブする。俺と直紀さんは協力して、依頼人の家の納屋《なや》に、荷台から降ろした稲わらを積みあげる。帰りがけに、わざと遠まわりなルートを走ることもある。二人ともほとんどしゃべらないときもあるし、それぞれの職場で起きた、ちょっと愉快な出来事を話すときもある。

うおー、いい雰囲気じゃね？　軽トラの窓を開けて雄叫《おたけ》びを上げたいところだが、もちろん我慢だ。狭い車内に二人きりでも、「てんで余裕ですよ」って顔して、自然なムードでの会話を心がけている。

直紀さんはたまに、「道の駅　かむさり」の駐車場で、俺が苦手とする縦列駐車の練習につきあってくれる。道の駅は、地元のおばちゃんたちの憩いの場と化している。当然、ほかに停まってる車なんてほとんどない状態なので、脳内シミュレーションに基づく縦列駐車の練習なんだけどね。神去で運転技術を向上させたいと思ったら、想像力が要求されるんだ（「どでかく、なおかつ、こすったら絶対にまずいことになりそうな雰囲気を醸《かも》しだすベンツが、前後に停まってると仮定して……」など）。

直紀さんは軽トラを降り、「三センチだけバックおーらーい、はいストップ！　ハンドルを右に全部切ってー、十二センチほどバック。はいはいストップ！　左に三十度切りつつ心持ちバックー」って感じで、俺に指示を出してくれる。正直言って、すっごくわかりにくい。神去小の児童は、直紀さんの授業についていけてるんだろうか……。でもまあ、ありがたく、直紀さんの指示に従おうと努力している。「直紀さんってほんとにいいな」と思うのは、俺が駐車場の敷地をはみだしてバックしてしまっても、特に動揺するでも声を荒らげるでもなく、「あらら。はい、もう一度。二メートル前進してから、バックおーらーい」と練習をつづけてくれるところだ。

直紀さん、命の危険を感じてるのか、軽トラをかなり遠巻きにする位置に陣取ってるけどね。ついでに言うならヨキは、木立にぶつけちゃった荷台後部を見て、「ぎゃー、なにやっとるねぃな勇気！」って斧の柄《え》に手をかけたけどね。俺はもちろん、繁ばあちゃんを盾《たて》にして、「ごめんってば」って三十回ほど連発しといた。

忙しいのは短期アルバイトのせいだけじゃない。村全体がわさわさしてもいる。オオヤマヅミさんのお祭りが近いからだ。

昨年は四十八年に一度の大祭が行われ、俺は大変な目に遭《あ》ったのだが（いままでの人生で、一番死に近づいた経験だったと思う）、今年は通常の祭りだということなので、少し気が楽だ。とはいえ、あくまで神去村での「通常」だからなあ……。当日はやっぱり、深夜に川で禊《みそ》ぎをしなきゃいけないそうだし、神去山に登って大木を伐倒もするらしい。樹齢二百年ほどの栗の木を予定しているということだ。今年の伐倒を担当するのは、中《なか》地区の班。俺が所属する神去地区の中村清一班は、先導という役目を割り振られた。祭りの夜、錫杖《しゃくじょう》を持って提灯《ちょうちん》を掲げ、行列の先頭に立つんだ。あの真っ暗な神去山、夜の神域を、自分たちが道しるべとなって登っていくのかと思うと、緊張とわくわくが同時に襲ってくる。

祭りには前哨戦《ぜんしょうせん》もいろいろあって、一カ月以上まえから、村のあちこちで意味不明の儀式が執り行われる。田んぼに櫓《やぐら》を建てて、そのまわりで踊ったり、神去川に注連縄《しめなわ》を張ったりね。おやかたさんである清一さんは、ほとんどすべての儀式に立ちあわなきゃいけないみたいで、俺より百倍は忙しそうだ。

ある日の夕方、俺は直紀さんを軽トラックの助手席に乗せ、下《しも》地区の道を走っていた。神去川を左手に見つつ、上流へ向かう形だ。稲わらの配達を終え、荷台は軽い。川の流れに沿って、道はゆるやかにカーブする。俺は慎重にハンドルを操った。「もう傷をつけないようにするかららー」と百回ぐらい拝み倒して、やっと、ひきつづきヨキの軽トラを貸してもらえることになったんだ。慎重にもなる。

中地区に差しかかり、直紀さんの家までもう少しというところで、右手前方の田んぼに清一さんの姿を発見した。清一さんは、自分の軽トラを畦道《あぜみち》に停め、刈り入れの終わった田んぼに一人で立っていた。西日が清一さんの影を長く地面に横たわらせている。うつむきがちなシルエットを見て、俺の記憶が刺激された。

「うーん、だれかに似てる」

「宮沢賢治《みやざわけんじ》とちゃう?」

と、助手席で直紀さんが言った。しまった、やっぱり直紀さん、清一さんの存在に気づいてたか、という思いと、「そうだ、高校の国語の資料集に載ってた、『田んぼを歩いてる宮沢賢治の写真』に似た姿勢なんだ！」という思いとが、俺の胸に生じた。

清一さんがいる田んぼの手前で、俺はしかたなく、軽トラのスピードを落とした。直紀さんは清一さんを好きだ。俺としては、さっさと田んぼのまえを通り過ぎたいところだったが、度量の狭い男だと直紀さんに思われたくもない。

「声かけます？」

と、直紀さんの意向をうかがう。予想に反し、直紀さんは首を振った。

「ええよ、そっとしておこ」

やったー。直紀さん、清一さんより俺を選んでくれたんですね！　と喜ぶほど、俺はおめでたい男ではない。「どうしたんだろ、直紀さん。明日は初雪が降るかもな」と、内心で首をひねったよ。田んぼにいる清一さんが、なんとなくさびしそうに見えたのも気になった。

田んぼのまえを通り過ぎてからも、俺はバックミラー越しに、小さくなっていく清一さんの姿をちらちら見た。清一さんはうつむいたまま身動きもせず、やがてカーブの向こうに消えた。

あんなところで、清一さんはなにをやってるんだろう。もう薄暗くなってきてるのに、本当に声をかけなくてよかったのかな。

俺の疑問を察知したのか、直紀さんが言った。

「オオヤマヅミさんのお祭りに備えて、田んぼの神さまに挨拶しとるところや。邪魔したらあかん」

出た、神去村の日本昔話的エピソード！　と思ったね。昼には俺と一緒に山で弁当食ってたひとが、夕方には田んぼの神さまとやらに挨拶をしている。こういう神去村の風習、ファンタジーすぎて、はっきり言って理解不能だ。でも、興味というか好奇心が湧《わ》いてきた。

「田んぼにも神さまがいるんですか？」

「そら、おるな」

直紀さんはうなずく。「でも、いっつもおるわけやない。清一さんの足もとに、小さな御幣《ごへい》が立っとったやろ？」

「ごへい？」

「稲妻《いなずま》みたいな形の白い紙が、棒にくっついとるやつや。それが地面に刺さっとったやろ」

「気づかなかったです」

直紀さんは、できの悪い子を見るような目で俺を眺め、シートベルトをはずした。ちょうど直紀さんの家に着いたところだったんだ。あーあ、今日の直紀さんとのドライブも、これで終わりか。

ところが直紀さんは、「うちでお茶でも飲んでく？」と言ったんだ。

Ｙｅｓ！　やっぱり直紀さん、清一さんより俺を選んでくれたんですね！　と舞いあがるほど、俺はおめでたい男ではない。むしろ、「え、なになに、なんかお説教されるのかな」とか、「身の丈に合わぬ幸運は、大いなる不幸のまえぶれかもしれない」とか、びくびくしちゃったぐらいだ。

はじめて足を踏み入れた直紀さんの家は、古いけれど清潔に整えられていた。土間にある台所には、小さくておしゃれな赤い冷蔵庫が置いてあった。居間として使っているらしい六畳間には、こぢんまりした丸い卓袱台《ちゃぶだい》。奥の部屋との仕切りの板戸には、直紀さんのクラスの子たちが描いたのだろう、神去村の風景画が何枚も画鋲《がびょう》で留めてあった。つたない絵だけど、村の雰囲気はよく出ている。

直紀さんが台所でお湯を沸かしているあいだ、俺は卓袱台に向かって座り、百メートル走の直後ぐらいに心臓をドキドキいわせていた。湯が沸くのがあと五秒でも遅かったら、俺の胸からバネ仕掛けの鳩《はと》が二、三羽は飛びでていただろう。

湯気の立つヤカンを手に、直紀さんは靴を脱いで土間から居間に上がってきた。二つの湯飲みに湯を注ぎ、紅茶のティーバッグをちゃぷちゃぷと上下動させる。

急須《きゅうす》で緑茶をいれるんじゃなく、ティーバッグ！　しかも、湯飲みは二つなのにティーバッグはひとつ！

いやいや、いいんだけどね。こういう男らしい（直紀さんは女だが）ところにも、惚《ほ》れてるんだけどね。俺は礼を言って、大事に紅茶を飲んだ。飲み終わったらそれを機に、「じゃ、そろそろ帰って」って絶対に言われそうだからな。直紀さんはテレビをつけたり、灯油ストーブを点火して俺のほうへ向けたりと、精一杯のもてなしの姿勢を見せてくれた。Ｙｅｓ！

それにしても、この家に一人で住むなんて、直紀さんはさびしくないのかなあ。古い日本家屋って、廊下や部屋の隅に暗がりがいっぱいある。畳は日によって妙にふかふかしてるように感じられるし、天井からはびしばしと家鳴《やな》りの音が降ってくる。俺なんてヨキの家のトイレですら、夜中に行くの、たまにちょっと怖いときがあるんだけどな。

背中にのしかかるような静けさを感じ、俺はそんなことを思った。直紀さんは、まったくべつのことを考えていたらしい。

「さっきの話のつづきやけど」

と言った。なんのことだっけ。ああ、田んぼの神さまか。神さまにどう挨拶するかって話じゃなく、もっと身近なおつきあいについての話をしませんか。そう提案したかったけど、

「はい」

と俺はおとなしく相槌《あいづち》を打った。

「田んぼに刺した御幣に、神さまが降りてこられるんやて。清一さんはさっき、田んぼの神さまと話しとったんやと思う。『オオヤマヅミさんのお祭りを、今年も開催させていただきます。田んぼの神さまも、どうか我々を見守ってください』みたいなことを報告するんやないかな」

「えーと」

俺は困惑し、頰《ほお》を搔《か》いた。「清一さんて、そういうひと?」

「そういうって?」

「なんだろ、スピリチュアルっていうか……」

「ちゃうちゃう」

と直紀さんは笑った。「どっちかというと、ものすごい合理的なひとや。死後の世界も血液型占いも信じてないんやないか」

「ずっと謎《なぞ》だったんだけどさ」

俺は思いきって聞いてみることにした。「だとしたら、清一さんはどういう気持ちで儀式に参加してるんでしょう。神去村のいろんなしきたりって、俺には迷信っていうかファンタジー世界っていうか、ほんと理解できないときがあるんだけど。直紀さんも俺と同じで、村で生まれ育ったんじゃないですよね。川に張られた注連縄とか、どう受け止めてるんですか?」

「そうやなあ」

直紀さんは湯飲みを両掌で包んだ。「山や木や人間と同じように、ただそこにあるもの、と思ってるかな」

「それはいわゆる、『自然体な私』ってこと?」

「あんた、私をバカにしとんの」

直紀さんは怒ったような顔をしてみせた。「そんなんじゃなくて、なんて言うかなあ……。見知ったひとと道で行きあったら、挨拶するやろ。ちょっといやなことがあって虫の居所が悪いときでも、相手のことを実はあんまりよく思ってなくても」

「しますね」

「挨拶すると、それだけで人間関係がうまくいくことが多いし、なんとなく気持ちが晴れやかになることだってある。その挨拶の範囲が、神去村では広いんやと思う。朝には『おはよう』って言うように、決められた時期に、決められた挨拶を、そこにいるとされる神さまに対してする。そういうことやないんかな」

うーん、やっぱり完全にはわかんないけど、「角が立たないように、とりあえず挨拶をしておこう（たとえ相手が神さまであっても）」ってことかな。俺はそう自分を納得させた。

「それに」

と、直紀さんは話をつづけた。「清一さんは、おやかたさんやから」

「村のリーダー的存在だから、しきたりは守るってことですか？」

「うん。責任感の強いひとやからね」

清一さんのそういう部分に惚れてるんだ、ってことが、直紀さんの表情からうかがわれた。責任感か……。流されるがまま生きてる俺にとって、一番遠い言葉だが、どうやったら責任感って身につくのかな。

「清一さんは高校生のころ、おやかたさんになったそうやもん」

直紀さんは嚙《か》みしめるように言った。「覚悟も背負ってるものも、あんたや私とはちがうんやろな」

「えっ？」

と、俺は思わず聞き返したね。高校生でおやかたさんになるなんて、いくらなんでも早すぎるだろう。中村林業株式会社を取り仕切り、ものすごく広大な山林を維持し、村人に一目置かれる存在。それが神去村のおやかたさんだ。清一さん、どんなスーパー高校生だったんだよ。

「清一さんが高校生のころに、お父さんが亡くなったってことですか？」

「あんた、なんも知らんのか」

直紀さんはびっくりしたみたいだった。「清一さんだけじゃなく、あんたが住まわせてもらっとるヨキの家も、ご両親ともおらんやろ」

「え、まさか、ヨキも清一さんも、神去の神さまの隠し子とか？」

「そんなはずあるわけないねぃな」

ですよね。あまりにも山深い村で、横浜では見たことも聞いたこともなかったしきたりや祭りがいっぱいあるもんだから、ついついおかしな発想をしてしまった。

そうか、清一さんの親も、そんなに早く亡くなったのか。村にはヨキの親ぐらいの世代のひとが少ない気がして、ちょっと引っかかってはいたんだよな。

「しゃべりすぎてしもたわ」

と、直紀さんは紅茶を飲み干した。「暗くなってきたし、もう帰りんさいな」

ヨキや清一さんの親たちについて、教えてほしい。視線で訴えたけど、直紀さんは素知らぬ顔だ。ごちそうさまでした、と俺は言い、しぶしぶ立ちあがった。

直紀さんは土間に下り、玄関で俺を見送ってくれた。敷居をまたぎ、外に出た俺の背後で、引き戸が素《そ》っ気《け》なく閉まる。

閉まりきる寸前に、

「気になるんやったら、墓地へ行ってみ」

という直紀さんの囁《ささや》きが耳に届いた。

翌日は土曜日で、山仕事は休みだった。

午前中に山太が遊びにきて、俺が寝室に使ってる六畳間で水泳ごっこをした。畳んで隅に積み重ねた布団から飛びこみをしたり、畳のうえで腹ばいになって手足をばたつかせたりするだけなんだけどね。畳の目の方向によっては、けっこうすべるもんだから、山太ははしゃいで興奮し、笑いころげちゃって大変だった。

けっこう体力を消耗したところで、十時のお茶の時間になった。繁ばあちゃんがくれたゴマせんべいを食べる。繁ばあちゃんはせんべいをお茶に浸《ひた》し、ふやかしてしゃぶっていた。

みきさんが家の裏手へヨキを呼びにいった。ヨキは鬼神のごとく斧を振るい、大量の薪《まき》を割っていたらしい。いつもより冬の訪れが早そうだから、いまのうちに薪のストックを作っておくことにしたんだろう。山太と俺以上に体力を消耗したはずなのに、ヨキはあいかわらず元気だった。汗びっしょりのシャツを脱ぐと、筋肉質の体から湯気が立っていた。ヨキは着替えもそこそこに、ゴマせんべいを二枚重ねて一気にかじった。けっこう固いせんべいなんだけどな……。

「清一はなにしとった?」

人心地ついたのか、ヨキは山太に聞いた。

「朝は、居間でお母さんとテレビ見ながら、帳簿つけとった」

「あいかわらず仲ええのう」

そうかな。一緒にテレビを見るって、べつに仲がいいも悪いもない、夫婦としては一般的な休日の過ごしかたじゃないかと思うんだけど。ヨキはいつでもみきさんと開戦の危機にあるので、仲良しの判定基準が低いのかもしれない。

「昼からは、津《つ》に買いだしにいくて言うとった。俺も本屋さんに連れてってもらいたいで、もう帰る」

と、山太は宣言した。「繁ばあちゃん、おせんべいありがとう。またな、ゆうちゃん」

俺は帰るけど、さびしがるなよ、とでも言いたそうな、重々しい口調だ。噴《ふ》きだしそうになったけど、俺も精一杯、「残念です」という表情を作り、「うん、また遊びにこいよ」と言ってあげた。

繁ばあちゃんは卓袱台に向かったまま、こくりこくりと舟を漕《こ》ぎはじめた。ヨキは清一さんを見習おうってことなのか、テレビをつける。五分も経《た》たないうちに、情報番組の司会の女子アナをめぐって、ヨキとみきさんのあいだで喧嘩《けんか》が勃発《ぼっぱつ》した。

「エリちゃんはかわいいやろ。おまえの目、おかしいで」

「おかしいのはあんたの判断力や。『え？　わかんないですぅ』って、脳髄《のうずい》が溶けたような声出す女の子の、どこがかわいいねん。相当の策略家やとお見受けするで。だいいち、コメントを振られて『わかんないですぅ』て、司会者なのにどうやの」

「うんにゃ、そこも正直でかわいい。顔も気ぃ抜けたタヌキみたいでええ」

「悪かったな、うちはタヌキ顔じゃなくて」

「アホゥ。エリちゃんとは系統ちがうが、おまえの顔も俺の好みにどストライクや！」

「まー、憎たらしいこと言うて」

顔を赤らめたみきさんは、舟を漕ぎすぎて卓袱台にぶつかりそうになった繁ばあちゃんの額を、掌でキャッチした。

勝手にやっていてください。この夫婦といると精神的疲労が激しいので、

「ちょっと散歩してくる」

と俺は家を出た。

行き先はもちろん、墓地だ。

神去村の墓地は、ヨキの家から歩いて十五分ほどのところにある。墓地までつづく道の片側には、鬱蒼《うっそう》とした山の斜面、もう一方の眼下には神去川が流れている。「このあたりの杉は、そろそろ手入れをしたほうがいいんじゃないかな」とか、「けっこう流れが速い……。あ、銀色の魚が跳《は》ねた」とか思いながら、一本道を進む。最初は風の冷たさに肩をすくめていたんだけど、そのうち慣れた。

やがて、前方に墓地が見えてきた。俺は道からはずれ、小さな墓地に足を踏み入れた。

神去川沿いの谷間で、日当たりはいいけど風が強い。そして、神去山を正面に見ることができる。

村で生まれ、村で死んだひとは、みんな神去山の彼方《かなた》へと魂《たましい》が還《かえ》っていくのだそうだ。

風に髪の毛をぐしゃぐしゃにされながら、建ち並ぶ墓石のあいだを歩いた。どの墓石も、同じ大きさ、高さだ。小さな村だから、差がつかないようにお互い気をつかっているんだろう。

白い砂利の敷き詰められた地面は、きれいに掃き清められ、ほとんどすべての墓に、青々としたしきびの枝が捧げられていた。

清一さんの家の墓は、一番奥まった場所にあった。土葬時代の墓石も移したみたいで、ぴかぴかの四角い御影石《みかげいし》の隣に、苔《こけ》むした小さなお墓もいくつか並んでいる。蛇神《へびがみ》さまのナガヒコと、人間の女のひととのあいだに生まれたと伝えられる、清一さんのご先祖さまたち。

御影石の墓石に手を合わせ、側面に刻まれた清一さんの両親のものらしき戒名《かいみょう》を眺める。会ったことがないので、特別な思いは湧いてこなかった。

今度はヨキの家のお墓を探す。同じく側面に、両親らしき戒名。仏壇に飾られた写真で顔は知っているから、少ししんみりはした。それでもやっぱり、なにを思えばいいのかわからない。ただ突っ立っていた。吹きつける風が、蓄えていた体温をどんどん奪い、俺は震えた。

ふと、意識に引っかかるものがあった。なんだろう。もう一度、よくよく戒名を眺める。引っかかりは戒名ではなく、没した年月日のほうだった。ヨキの両親は、まったく同じ日に亡くなっていた。夫婦が病気で同時に死ぬ確率は、かなり低いだろう。じゃあ、事故かなにかだったのかな。

そこまで考えた俺は、急いで清一さんの家のお墓に取って返した。清一さんの両親が亡くなったのも、ヨキの両親と同じ年月日だった。

どういうことだ。

俺は深呼吸して気持ちを落ち着け、墓地の端から端まで順番に、墓石の側面を見てまわった。

二十年まえの五月六日に亡くなったひとが、全部で十六人もいた。

のどかでなあなあな神去村。緑の山に囲まれ、澄んだ川が流れる神去村。梢《こずえ》に遊ぶ鳥のさえずり、茂みを疾走する獣の足音、水のなかで光を反射させる魚の鱗《うろこ》。生き物の気配が絶えたことのない神去村で、いったいなにが起きたのだろう。

俺は急にこわくなった。同じ年、同じ月、同じ日に、ひとつの村で十六人ものひとが死ぬなんて、尋常じゃない事態だ。

夕暮れの田んぼにたたずんでいた、清一さんの姿が思い出された。ものすごい量の哀《かな》しみとさびしさを背負ったような姿。それでもしっかりと地面を踏みしめ、見えないなにかに目をこらし、聞こえない声に耳を傾けようとするみたいに、静かにうつむいていた姿が。

知らなきゃいけない、と俺は思った。神去村で暮らしていくなら、いい面、ファンタジーな面だけじゃなく、村のひとたちが体験した悲しみや苦しみも、(もしあるんだとしたら) ちゃんと知っておきたいと思った。

でも、どのタイミングで、どういうふうに話を切りだしたらいいんだろう。

俺にはいままで、腹を割って話せる友だちはいなかったんだ。改めて、そう気づいた。そのとき楽しければいいやと思うだけで、ずっと一緒に歩いていくために、なにかを分け持ちたいなんて、そんな気持ちになったことがなかった。そのせいでいま、この肝心なときに、大事だなと思うひとたちとどう接し、どう向きあったらいいのか、見当もつかない。

それでも、やるしかない。読者のみんな、おらに勇気をわけてくれ! くどいようだけど、読者はいないし、名前負けで俺には勇気がない。わかってます、わかってますよ。はー、どうしたもんかなあ。

昼間だっていうのに夜道で迷子《まいご》になったみたいに、俺はしばらく墓地から動けずにいた。びょうびょう鳴る風が神去山から吹いてきて、俺の髪の毛をいっそうかき乱した。

第四夜　神去村の事故、遭難

「夜、深い山のなかにおると」

とヨキは言った。「気配を感じる」

「気配って、なんの？」

俺は小声で尋ねたよ。いま怖い話をするのは、やめてほしいんだけどなあ、と思いながら。

ヨキは焚《た》き火《び》に小枝を投じた。炎が一瞬大きくなって、目を伏せたヨキの顔を赤く照らした。

杉の梢《こずえ》をわたる風の音。ヨキの隣で丸まっていたノコが、気づかわしげに顔を上げる。

ヨキはノコの頭を撫《な》でてやり、静かな声でこう答えた。

「うまく言えんが、だれかが見とる気がするんや。俺の名前を親しげに呼んどるような気もする」

俺はすくみあがって、毛布をしっかりと体に巻きつけた。そんな俺を見て、ヨキは笑った。

「怖がることないねぃな。なつかしい気配や。いままで亡《の》うなった村のひとたちかもしれんし、山の神さんかもしれん。そういう全部がひとつになったような……、なにかの魂《たましい》の気配がする」

おまえは感じんか？　ヨキに問われ、俺は目を閉じ耳を澄ませてみた。

いつのまにか風はやみ、山はなにか大きなものに包まれたみたいに無音だった。なおも意識を研《と》ぎすませていると、無音の世界の奥のほうから、ざわめきが聞こえてくるような気がした。なにを言っているかは聞き取れない。無数のひと（？）が集まって、思い思いになにかを語ってるみたいな声。でも、大音量にはならない。せいぜい、低い囁《ささや》きかうなり程度だ。

俺はあわてて目を開けた。呼び寄せられ、夜のなかでも一番真っ暗な部分へ吸いこまれてしまいそうな気がしたからだ。

焚き火の向こうに、ヨキの顔が見える。背後の闇《やみ》に輪郭を半ば溶《なか》けこませながら、ヨキは地べたにあぐらをかいて座っている。火かき棒がわりに斧《おの》の柄《え》で焚き火をつつき、朝が来るのを待っている。

俺とヨキは南の山で、遭難《そうなん》っぽい状態になっちゃったんだ。

「遭難？　勇気《ゆうき》ったら大丈夫なの⁉」と、心配で夜も眠れなくなる子もいるかもしれない。泣かなくていいんだぜ、ベイビーズ。こうやって書いてるってことは、俺は山から無事に下りられたってことなんだから。あと、これはパソコンに向かって一人で黙々と書いてるだけの文章で、読者《ベイビーズ》なんていないってことも、実際はちゃんとわかっている。俺の頭の調子も大丈夫なので、あらゆる面で心配ご無用だ。

本当はさあ、もっと臨場感を出しつつ、遭難エピソードを書きたかったんだよね（「臨場感」

って使いなれない言葉で、とっさに思いつけなかった。うんうんうなって、この言葉に行きつくまでに五分もかかった）。「はたして、勇気くんは山から下りられるのでしょうか！」って、現地リポートするような感じというかさ。そのほうが読者（いないけど）もはらはらするだろ？　俺もずいぶん長く、大量の文章を書いてきたから、ちょっとテクニックを考える程度には成長しているのだ。

でも、無理だった。だって俺、現に山から下りて、この文章を書いてるわけだし……。しょうがないから順を追って、なにが起きたかを説明しよう。俺とヨキがいかにして遭難っぽい状態になり、いかにして生還したか。結末がわかっちゃってるから、はらはら感は大幅減だけどね。

つい先日（十一月半ば）、オオヤマヅミさんのお祭りがあった。どんな祭りなのか、詳しいことは以前に書いた文章を参照してほしいんだけど（パソコンのなかの、『神去《かむさり》なあなあ日常』というファイルに収まってるよ）、まずは深夜に起きて、神去川で禊《みそ》ぎをする。

川の水は冷たい。冷たいというより、痛い。ものすごくでかいウニが大量に押し寄せてきて、全身に刺さるような感じだ。

「うひょひょひょひょ」

って、俺は言ったね。笑ったんじゃない。寒さで肺と気管と横隔膜《おうかくまく》がひきつれちゃって、意思とは関係なく、妙な音が口から出てしまったんだ。

三郎《さぶろう》じいさんなんて年だし、この衝撃に心臓が持ちこたえられるのかなと心配だったんだけど、全然平気そうだった。服のまま首まで流れに浸《つ》かり、目を閉じていた。「いい湯だな」って歌いだしそうな表情だ。案外、あの世に行きかけてたのかもしれない。三郎じいさーん、無理しないでー。（三途《さんず》の）川から戻ってきてー。ヨキはといえば、「ほいなー！」という叫び声とともに、手桶《ておけ》を使って滝行《たきぎょう》レベルで頭から水をかぶってた。ヨキの体力と神経が常人離れしてるのはいつものことなので、俺はもう放っておいた。

禊ぎを終えたら、岸辺で山伏みたいな白装束《しろしょうぞく》に着替える。そこから神去山の麓《ふもと》まで歩くあいだ、口をきいてはいけない。神去村で山仕事をしている男たち（四十人ぐらい）が、黙ったまま列を作って進む。中村清一《なかむらせいいち》班は今年、先導という役目を負っていたので、錫杖《しゃくじょう》と提灯《ちょうちん》を持って行列の先頭に立った。

真っ暗な夜道を、手にした提灯の明かりだけを頼りに歩く。手もと足もとがじわりと赤く照らされる程度で、あとはなにも見えない。闇が圧力となって、前方に立ちはだかる。鋼鉄をマッチの火であぶって切断しようとするみたいなもので、進んでるんだか止まってるんだか後退してるんだか、よくわからなくなってくる。錫杖が立てる金属音が、薄れる波紋のように夜の奥へ溶けていく。神去山まではほぼ一本道だから、迷うことはないはずなんだけど、それでも俺は不安になって、かたわらを行く清一さんやヨキの顔を見た。二人の真剣な表情が、暗闇のなかにほのかに浮かびあがる。

地下足袋《じかたび》が踏みしめる冷たい土の感触。山から山へと重なっていく葉ずれのざわめき。見上げれば音楽みたいに瞬《またた》く銀の星。

神去山の麓に着いたら、それぞれ山仕事の道具を手にする。道具は、森林組合のおじさん（通称：猪《しし》のおじさん）がさきまわりして運んでおいてくれるんだ。俺はヘルメットをかぶり、ゴーグルを首から提げ、愛用のチェーンソーを肩にかけた。ヨキは斧を帯に挟む。ノコも麓で俺たちと合流した。家から走って追いかけてきたらしい。

錫杖を杖《つえ》がわりにできるけれど、提灯で手がふさがるので、神去山を登るのは大変だった。それでも、先導役としては途中で休むわけにもいかない。速すぎも遅すぎもしないペースを保ち、獣道《けものみち》（というか、茂みのなか）を進む。神去山はオオヤマヅミさんという神さまの住む山なので、祭りのとき以外、基本的にはひとは入ってはいけないんだ。だから、林道も整備されていない。草や低木の枝をかきわけ、山頂までほとんど一直線に上がっていくほかない。山腹を蛇行する道とちがい、傾斜がとんでもなくきついから、だんだん息が切れてくる。ノコも舌を出していた。

夜の神去山で、みんなの息づかいと、提灯の火が揺れる。元気なのはやっぱりヨキで、率先して斜面を駆けあがっていった。ヨキの足音に驚いて、茂みのなかでウサギかイタチが身を翻《ひるがえ》し、梢では鳥が寝ぼけ声でけたたましく鳴く。

「怖くないのかなあ」

と、俺は思わずつぶやいた。神去山は植林もされていないから、あらゆる種類の木々が深い森を形成している。ご神木《しんぼく》クラスの大木がどかんどかん生えていて、昼間に歩けと言われても気おくれするほどだ。それだけに、神去山にはたくさんの鳥や動物が棲息《せいそく》していて、夜でも気配や視線を感じる。木や茂みの陰に隠れているから、たとえまわりが明るくても、姿はなかなか見ることができないけれどね。でも、確実にいる。人間以外の、たくさんの生き物が。

「なんの話や」

背後を歩いていた巌《いわお》さんが、俺のつぶやきを聞きつけ、尋ねてきた。

「ヨキのことです」

提灯が消えないよう気をつけつつ、俺は体を揺すってチェーンソーを肩にかけなおした。

「あんなふうに一人で走っていって、熊《くま》と出くわしたらどうしようとか、考えないのかな」

「考えんのやろなあ」

巌さんは笑ったようだった。「たとえ相手がヒグマだろうと、出会い頭《がしら》に投げとばしそうや」

たしかにヨキなら、熊との戦いにも余裕で勝ってしまいそうだ。ヒグマはさすがに無理じゃないかなと思うけど、ツキノワグマぐらいだったら、背負い投げののち逆エビ固めをかましそうである。

「それになあ」

と、巌さんはつけ加えた。「今日はオオヤマヅミさんのお祭りの日や。俺たちはいま、身を清め、神さんにご挨拶《あいさつ》にあがっとる。熊もきっと遠慮して、おうちでおとなしゅうしてはるやろ」

また出た、神去村の日本昔話的な部分！　神さまもひとも動物も一緒くたな感覚！

頑健な中年男性である巌さんが、「おうち」なんてかわいいこと言うと、なんだか妙な感じだ。しかも、熊に敬語使ってるし……。だけど巌さんは、幼き日に神隠しに遭《あ》ったという強者《つわもの》だ。つまり、神去の神さまに選ばれし男。そんな巌さんが、「おとなしゅうしてはる」って言うなら、まあ大丈夫なのかな、という気持ちになる。

夜明けまえに、行列は目指す栗《くり》の木の根もとへ着いた。俺はアホみたいに口を開けてしまった。

栗の木っていうと、栗畑に行儀よく整然と植わってる姿を思い浮かべないか？　樹高もせいぜい二、三メートルでさ。実《み》はおいしいけど、花の時季はいかがわしいにおいをふりまくよなあ、みたいな。

ところが、神去山の栗の木は、スケールが全然ちがうんだ。とにかくでかい。高さが二十メートルはある。太さも、大人が二人がかりで腕をまわしても、まだ余るぐらいだ。さらに樹皮がすごくて、いぶしたみたいに黒光りしてるうえに、縦に何十本も深い筋が入っている。なんかもう、神々《こうごう》しいというかエロいというか、そのふたつがごっちゃになった感じでドドーンと斜面に屹立《きつりつ》しており、「ははー」ってひれ伏したくなってくる。

花も実もつけていないどころか、葉っぱも落ちてる季節だったけど、それでよかったと思ったよ。このうえ、いかがわしいにおいをふりまいていたら、「やべえ」って俺は笑っちゃってただろう。おかしくて笑うんじゃない。想像を絶した恐怖や畏《おそ》れに直面すると、笑えてくるよな。そんな感じ。

伐倒《ばっとう》と立会《たちあい》を担当する班が、栗のもとに集《つど》って相談をはじめた。こんな巨木を切るっていうんだから、ほんとにすごい祭りだ。神去地区の班は、俺が所属する中村清一班も含め、今年は先導という役割だ。栗の木まで導くのが役目だから、あとは見物していればいいらしい。

俺は少し離れた椎《しい》の根もとに座り、相談が終わるのを待った。伐倒役と立会役の面々は、どの方向に栗の木を倒せばいいか、大論争を繰り広げている。語尾に「な」がつくから、のんびりしたムードがどうしても拭《ぬぐ》えないけれど。ヨキは先導役のくせに相談の輪に入りこみ、

「栗が倒れたいほうへと切ってやればええねぃな」

なんて、無責任な主張をしている。清一さんと三郎じいさんは、栗の根もとに酒を注ぎ、なにやらお祈りの最中だ。巌さんはといえば、樹皮に生えた緑の苔《こけ》を撫で、うんうんうなずいている。まさか、栗の精霊と語らっている……？

斜面に朝日が差してきて、あたりの様子もよく見えるようになった。さまざまな色や形の葉と枝が、朝の清浄な空気のなかで薄く黄金色《こがねいろ》に輝きだす。ひとの声に負けないほど、鳥がやかましくさえずっている。俺は提灯の火を吹き消し、畳んで帯に挿《さ》した。

ふと隣を見たら、山根《やまね》のおっちゃんが座っていた。げっ、と思ったね。最近は打ち解けてきてくれたけど、俺は山根のおっちゃんが苦手だ。いかにも頑固な仕事人って感じで、無愛想だからだ。俺が村に来た当初は、挨拶しても無視された。生半可《なまはんか》な気持ちで山仕事をするやつが、山根のおっちゃんは許せないんだろう。このあいだも、俺が直紀《なおき》さんと軽トラデート（？）してるのを目撃したらしい。俺が一人で道を歩いてるときを見はからって、「チャラついとった

らあかんねぃな」と、わざわざ呼び止めて注意してきた。ふだんは道で行きあっても、「おう」って感じで会釈するだけのくせにさ。ちょっと意地悪なんだよなあ。決して悪いひとじゃないんだけど。

よーし、受けて立とうじゃないか。俺はまだなにも言われないうちから気を張って、隣にいる山根のおっちゃんをうかがった。山根のおっちゃんは、白装束の懐《ふところ》あたりを触っている。なんだろ、と山根のおっちゃんの腹に視線を落とした俺は、「ぎゃっ」と悲鳴を上げそうになった。

山根のおっちゃんの懐から、得体の知れないものが顔を覗《のぞ》かせていたんだ。黒っぽく干《ひ》からびた……、猿《さる》のミイラ？　漢方薬かなんかにする、木の根っこ？

驚いている俺を見て、山根のおっちゃんはうれしそうな顔になった。

「気になるか」

「はい……。なんですか、それ」

「見せてやろかいな」

もったいをつけて、山根のおっちゃんは懐から正体不明の黒いものを取りだした。

それは、白い手ぬぐいにくるまれていた。全長は十五センチぐらいだろうか。顔らしき部分だけ布からはみでていて、より不気味だ。心を落ち着けてよく見ると、魚らしいということはわかった。しかし、顔がこわい。皮膚（鱗《うろこ》？）がぼこぼこしていて、ギョロ目で、大きな口をカパッと開け、ほっぺたはふくらんでいる。こんな魚、実在するのか？　猿じゃなくて人魚のミイラ？

腰が引け気味になりながら、謎《なぞ》のミイラ状物体を眺めていたら、山根のおっちゃんはしずしずと手ぬぐいを取り去った。ミイラの全貌《ぜんぼう》が明らかになった。やっぱり魚のようだ。扇子《せんす》みたいな胸ビレがついていて、背ビレはというと恐竜のごとくツンツンしている。

「オコゼの干物や」

「オコゼ、ですか」

聞いたことはあるけど、食べたことはない魚だなあ。ていうか、なんで魚の干物を山に持ってきてんの。非常食として？　よっぽどの好物なの？

俺が盛大にはてなマークを飛ばしてるのがわかったんだろう。山根のおっちゃんは、すぐに説明してくれた。

「オオヤマヅミさんには、娘が二人いはると言われとってな。妹はたいそうな美人なんやが、姉はその……、アレや。わかるやろ」

「ブスなんですか」

山根のおっちゃんは、「しぃーっ」と俺の口を掌でふさいだ。

「その言葉を山で言うたらあかんねぃな」

「はんれれすは（なんでですか）」

「姉神さんのお怒りを買うからや。オコゼの干物を持って山に入るのも、姉神さんにご機嫌うるわしゅうなっていただくためや。オコゼはぶさ……顔面が不自由やろ。それを見て姉神さんは、『わてより、ぶさ……顔面が不自由なもんもおるんやな』て、にこにこなさる。おかげで俺らは、山で安心して仕事ができるちゅうわけや」

「へえ」

出たよ、迷信。と思いはしたが、俺は感心してもいた。神さまって、人間みたいだ。神さまと心理戦をしようとするなんて、人間もなかなかたいしたものだ。

俺はオコゼの干物をつついてみた。乾いて、固い。よく見ると、けっこう愛敬《あいきょう》があってかわいい顔だ。オオヤマヅミさんの娘である姉神さんとやらも、きっと自分でブスだと思ってるだけだと思う。見るひとが見たら、愛《いと》しいなあって感じるんじゃないかな。

そういえば俺、去年の大祭で、謎の女性二人を見かけたっけ……。赤い着物を着たひとと、白い着物を着たひとが、杉の大木の梢付近に浮かんでいた。当然、目の錯覚だと自分を納得させていたんだけど、もしかしてあの二人、本当にオオヤマヅミさんの娘たちだったりして。

そんなことを考えた。村で暮らすうちに、俺もすっかり日本昔話的世界に染まってしまったみたいだ。

「俺は昨年の大祭で、たいそうな目に遭《お》うたからなあ」

と、山根のおっちゃんは言った。その声で、俺は現実に引き戻された。いかんいかん。空《くう》を浮遊する着物姿の女なんて、いるはずがない。幻覚だったんだよ、たぶん。自分に言い聞かせ、山根のおっちゃんとの会話を再開させる。

「そうでした。山根さん、千年杉から吹っ飛ばされましたよね」

あれは、語るも恐ろしい出来事だった。オオヤマヅミさんの祭りは、とにかく壮絶なものなんだ。俺も真剣に命の危険を感じた。二度とかかわりたくないと思ったのに、また今年も祭りに参加しちゃってるけどね。

「おう。あないな目に遭うちゅうことは、山の神さんのお怒りを買ってるのかもしれん。そう思って、今年はオコゼを懐に忍ばせ、謙虚な気持ちで祭りに参加したわけや」

山根のおっちゃんが、謙虚。ウナギと梅干し、スイカと天ぷらぐらいに食いあわせが悪い気がするが、ほんとに謙虚になってくれるなら、なによりだ。

山根のおっちゃんは、オコゼの干物を大切に手ぬぐいでくるみ、再び懐にしまった。俺は栗の木のほうを見やる。ようやく方針が定まったらしく、伐倒役がチェーンソーのスイッチを入れた。

「けー」

いまから切りますよ、という合図の声が上がる。それに対し、居合わせた男衆全員で、

「ほいさー」

と返した。

チェーンソーが栗の幹に触れ、白い木くずがどんどん湧《わ》きでてくる。全員が立ちあがった。俺と山根のおっちゃんも立ち、伐倒されていく栗の木を見守った。

「ほいな、ほいな」

チェーンソーの刃が食いこんでいくにつれ、リズミカルな合いの手を入れる。伐倒役を力づ

けるためでもあるし、栗の木を讃《たた》えるためでもあるそうだ。なにしろ二百年ものあいだ、雨や風に耐えてきた大木だからね。切るときも最大限の敬意を払うんだ。

やがて、地響きを立てて栗の木が倒れた。幹が折れることも、斜面をすべり落ちることもなく、無事に伐倒が完了した。ヨキが勇んで、倒れた栗の木に駆け寄った。運ぶときに邪魔になるから、余計な枝は落とさなければならない。いい材木にするために、幹のどこで切断するべきか、清一さんと三郎じいさんが話しあっている。男衆の意識が、倒れた栗の木へといっせいに向かった。

そのときふいに、俺は思ったんだ。ヨキや清一さんの両親たちがなぜ亡くなったのか、いまなら山根のおっちゃんに聞けるかもしれない、って。

べつに、山根のおっちゃんとは親しくない。お互いに、そりが合わないと感じることのほうが多いぐらいだ。でも、山根のおっちゃんはオコゼの干物を見せてくれた。それって山根のおっちゃんが、少しは俺に歩み寄ってもいいかなと思ってる証拠じゃないか？　俺としても、いきなり班のメンバーやヨキの家族には質問しにくい。あんまり距離が近くない山根のおっちゃんだからこそ、気負いや気兼ねなく、こみいった話もできそうな気がした。

俺は山根のおっちゃんの横ににじり寄っていき、耳もとで囁いた。

「ちょっと聞きたいことがあるんですけど」

「うおっ、なんじゃいな。こそばゆいやないか」

山根のおっちゃんは耳をこすり、怪訝《けげん》そうに俺を見上げる。

「このあいだ、墓地に行ったんです。二十年まえの五月六日に、村でなにがあったんですか?」

「そないなこと聞いて、なんとする」

山根のおっちゃんの表情が険しくなった。俺は、好奇心でこんなことを尋ねているんじゃない。いや、好奇心も少しはあるかもしれないけど、知りたいと思う気持ちは、その底にあるもっと大きな感情から生まれてきたものなんだ。

「ヨキにも清一さんにも、俺はすごくお世話になってます」

何日間か考えつづけていたことを、なんとか山根のおっちゃんに説明しなければ。俺は必死になって言葉を探した。

「だけど、世話になるばっかりで、二人のことをよく知らない。このままだと、俺はいつまでも一人前になれない気がするんです。なにも知らない俺が相手じゃ、ヨキや清一さんだって、つらいときに『つらい』と言えないですよね。いつまでも二人を支えられないのは、いやだなと思って……」

山根のおっちゃんは、懐に入れたオコゼを撫でた。しばらくのあいだ、黙ってなにかを考えているようだった。栗の木は、ヨキたちの手によって枝を払われ、運びやすい形の大きな丸太になった。

「講《こう》というものがあってな」

と、山根のおっちゃんは突然言った。「お金を積み立てて、祠《ほこら》の修理資金にしたり、メンバーで旅行したりする。聞いたことあるか？」

「いいえ」

「そうやろな。あの事故があって以来、村では講が廃《すた》れていきよったからな」

山根のおっちゃんはため息をついた。「まあ、組合か同好会のようなもんやと思えばええ。神去村では、大峰講《おおみねこう》ちゅうのが盛んやった」

あの事故、ってのも気になるが、「おおみねこう」というのもよくわからない。俺が首をかしげていると、山根のおっちゃんが詳しく教えてくれた。

それによると、神去村の南西、奈良との県境を越えたところに、大峰山という修験道《しゅげんどう》の山があるのだそうだ。古くから人々の信仰を集めている山で、神去村の住人も、最低でも一生に一度は大峰山へお参りに行くらしい。

「俺も十八のとき、親父《おやじ》に大峰山へ連れていかれた」

と、山根のおっちゃんはなつかしそうに言った。「命綱《いのちづな》もなしに、ものすごい崖《がけ》っぷちに腹ばいにさせられてな。『まっとうな大人になるか。ならんなら、ここから蹴《け》り落とすぞ』て言われるんや。落とされてはかなわんから、『なります、なります』て必死に言うたわ」

大峰山は女人禁制だそうだが、周辺を見物しつつ、女のひとも近くまで一緒に行く。つまりは、お参りがてらの観光旅行だ。そのための資金を積み立てるべく、「大峰講」があった。

「二十年まえも、大峰講のメンバーが村から奈良へ向かった。マイクロバスを借りてな。そして……」

山根のおっちゃんはうつむいた。「帰りし（帰りがけ）に事故に遭ったんや。奥深い山道で、飛びでてきた鹿《しか》でも避《よ》けようとしたんかいのう。バスは谷底に転落し、乗っていたもんはみんな亡うなった。村のもんが十六人。それから、運転手。清一の両親も、ヨキの両親も……。特に神去地区の、働き盛りのおひとが多くてな。同じような年で生き残ったんは、店をやっているみきの両親と、ちょうど腹痛起こして旅行をキャンセルした巌んとこと、母親の介護に追われとった俺ぐらいやろ」

そんなことがあったのか。あまりのことに、俺は言葉もなく立ちつくした。神去の神さまは、なにをしていたんだろう。隣の奈良県へ観光旅行してるときは、神さまのご加護も及ばないっていうのか？　旅のさなかに突然の死を迎えたひとたち、家族や友だちをいっときに失ったひとたちのことを思うと、オオヤマヅミさんのお祭りをするのも、なんだかむなしく感じられてしまった。

「いろいろあったが、二十年経《た》ったんや。ほじくり返さんと、そっとしておくねぃな」

山根のおっちゃんは、そう言って俺の肩を軽く叩《たた》き、栗の木のほうへ歩いていった。

栗の木はいまや、何枚もの毛布でぐるぐる巻きにされ、両端に杭《くい》を打たれている。え、どういうこと⁉︎　去年の大祭では、伐倒した杉の巨木に毛布なんか巻かなかったけど。

と思ったら、ばらばらとヘリの音が近づいてきて、やがてものすごい轟音《ごうおん》と突風が渦巻いた。あわてて頭上を見ると、白地に青いラインの入ったヘリが、立ち並ぶ樹木の梢すれすれでホバリングしている。木々が揺れ、落ち葉と土埃《つちぼこり》が舞いあがる。俺はゴーグルをかけ、両耳に指をつっこんだ。

ヨキが身をかがめた体勢で、ヘリの直下に駆けこんでいく。戦争映画で、こんな光景を見たことあるな……。と思ううちに、男衆も次々と走っていった。ヘリから垂れさがってきたワイヤーを、栗の木に打った杭につなぐ。

ヘリはゆっくりと高度を上げ、栗の木をぶらさげたまま、南の山のほうへ去っていった。

「えーっと……」

再び静けさを取り戻した神去山で、俺は言ったね。「ヘリでの搬出って、ありなんだ」

「ありやな」

ヘリを見送っていたヨキが胸を張る。「今回は、素早く、うまく搬出できた」

「だったら大祭でも、ヘリを使えばよかったじゃん！（思わず横浜弁が出てしまった）なんで去年はわざわざ、命がけの搬出方法を採ったんだよ！」

「アホぬかせ」

と、ヨキは言った。「大祭のときは特別や。ヘリなぞ使ったら、オオヤマヅミさんがお怒りになるねぃな」

あたら若い命を、山で散らすことになるとこだったんだぞ（しつこいようだけど、大祭の恐るべき実態については、『神去なあなあ日常』というファイルを見てね！）。頼むから大祭を行う年にも、ヘリを出動させてください。

がっくりと肩を落とした俺にかまわず、ヨキは堂々と宣言した。

「さあ、麓へ戻って、酒盛りしよかい」

神去山の麓で、村の女性陣も加わり、宴《うたげ》は夜通しつづいたのだった。


とにもかくにも、これで今年のオオヤマヅミさんのお祭りは無事終了だ。そう思っていたんだけど、もちろん俺が甘かった。

祭りの翌々日、中村清一班は南の山へ向かうことになった（ちなみに祭りの翌日は、二日酔いのひと続出で、村じゅうにうめき声が満ちていた）。ヘリで搬出した栗の木が斜面に放置されているから、回収しにいかなきゃならないらしい。

せっかくヘリをチャーターしたなら、材木市場まで運んでもらえばいいのに。しかし、そうするとヘリ代が跳《は》ねあがるようで、神去山から隣にある南の山まで運ぶのが精一杯なんだって。

祭りの日、立会役には別働隊がいて、南の山でヘリの到着を待ち受けていたらしい。ヘリから吊《つる》された栗の木を林道へ下ろしてもらい、ワイヤーを取り去って、すぐに宴に合流したとのことだ。せっかく林道へ下ろしたんなら、トラックで運びだすところまでやればいいのに……。なあなあな住人が多いので、酒の誘惑をまえにすると、作業は遅々として進まなくなる。

そこで、二日酔いから復活した中村清一班が、栗の木を回収しにいくことになったってわけだ。

南の山は、いまや中腹あたりまで林道が通っているから、現場へ行くのも作業をするのも楽ちんだった。森林組合の猪のおじさんが、大型の搬出用トラックを運転してきてくれた。その荷台に、重機を使って栗の木を積みこむ。昼まえには搬出作業が終わり、猪のおじさんは大型トラックを巧みに操って、狭い林道を走り去っていった。

残されたのは、中村清一班の面々と、栗の木に巻かれていた何枚かの毛布だ。重機で幹をつかんだとき、ずれてはずれてしまったものだ。

俺は毛布を畳み、林道に停めてあったヨキの軽トラックの荷台に積んだ。ちょうど昼休憩の時間になったから、そのまま毛布に腰を下ろし、荷台で特大おにぎりを食べる。ノコも荷台に乗りたがったから、抱えあげてやった。ノコのご飯は、巾着袋《きんちゃくぶくろ》に入れて持ってきたドッグフードだ。

ヨキは自分のおにぎりにかぶりつきながら、立ったまま清一さんとなにか話していた。何度かうなずいたのち、ヨキだけが軽トラのほうにやってくる。

「午後からは、ちょいと歩くで」

「いいけど、どこへ行くの？」

「南の山の向こうに、高圧電線の鉄塔が立っとるんや。今度、保守点検をするひとらが来るらしいで、事前に道を確認しとかなあかん。道ちゅうても、向こうの山はここ数年、ほとんど行っとらんでな。どうなっとるかわからん」

南の山を越えて、そのまた向こうの山の山頂まで行くのか。

「どれぐらい時間がかかる？」

「片道二時間弱てとこやな」

俺は空を見上げた。晴れてはいるが、冬の気配が濃くなって、日暮れも早い。すぐに出発したほうがいいだろう。

「よし、行こう」

残りのおにぎりを口に詰めこみ、俺はノコを抱いて、荷台から地面へ降り立った。


鉄塔まで行くのは、俺とヨキだけだった。あ、忘れちゃいけない。ノコもついてきた。

清一さん、三郎じいさん、巌さんは、南の山に残って地ごしらえをするという。杉やヒノキの苗木《なえぎ》を植えるために、皆伐《かいばつ》した斜面の地面を整えるんだ。皆伐っていうのは、斜面の一角に生えた杉やヒノキを、全部伐倒して搬出することだよ。つまり地ごしらえとは、空き地になってる斜面を、苗木を植えやすいように整地する作業だ。

ヨキのお供に俺が選ばれたのは、若さと足腰の強さを買われたからだろう。そう考えると、うれしかった。林業をはじめたばかりのころは、山を歩く班のメンバーのスピードについていけなくて、とんだお荷物だったもんな。それがいまや、片道二時間かかる道のりも、「勇気ならば歩けるはずだ」と期待されている。俺はやる気に満ちて、斜面を登っていった。

神去山とはちがい、ひとが通った跡がわずかに残っているし、ルートも蛇行している。ヨキみたいに鼻歌を歌いながら、とはいかないけれど、俺もけっこう余裕を持って歩くことができた。ノコはしばしば道をはずれ、茂みに鼻先をつっこんでにおいを嗅《か》いでいる。ヨキは周囲の地形を確認したり、歩く邪魔になりそうな石を茂みに蹴りこんだりした。鉄塔の保守点検をするひとたちを案内するとき、迷子《まいご》になったり怪我《けが》でもしたら一大事だからね。

途中で、話には聞いていたケヤキのご神木の下を通った。俺とヨキはヘルメットを取り、頭を下げる。枝を大きく広げたうつくしいシルエットで、ケヤキは静かに立っていた。

歩きはじめて一時間半ほど経ち、南の山と鉄塔のある山との谷間に差しかかったとき、ヨキが言った。

「このあたりには、熊がおるかもしれんな」

「うそだろ?」

俺をびびらせようと、冗談を言ってるのかと思ったんだけど、

「いや、ほんま」

と、ヨキは沢のほうを指した。「三十年生の杉が生えとるけど、皮が剝《は》がされとる。熊公の仕業や」

「剝がされてから、そないに時間が経っとらんようやが、鹿にしては位置が高い。十中八九、熊や」

「鹿じゃないかな」

「どうすんの……」

こわくなって、俺はヨキの背後にくっついた。ヨキは、「諦《あきら》めろ」とばかりに首を振る。

「熊が近づいてきよったら、ノコが吠《ほ》えるやろ。チェーンソーと斧で応戦するしかない」

「俺は無理だよ。逃げたい」

しょうがないなあというように、ヨキは笑った。

「熊から逃げるときは、背中を向けたらあかんちゅうで。全速力であとずさりするんや」

「それ、すごくむずかしくないか？」

「こうするんや。見とるねぃな」

とヨキは言い、来た道をうしろ向きのままで戻ってみせた。しかも、上半身をまったく動かさずに。そのスピードと妙ちくりんぶりを、なんて表現したらいいんだろう……。そうだ、能の役者さんを思い浮かべてみてくれ。すり足で前進する動きがあるだろ？　あれを、八倍速で逆方向に再生したときみたいな感じ。とても人間の動きとは思えなくて、俺は声を出して笑っちゃったよ。

ヨキはなにくわぬ顔で戻ってくると、再びさきに立って歩きはじめた。

「ま、熊公はそろそろ冬眠するころやし、大丈夫やろ」

もしかして、俺の緊張をほぐすために、逃げかたの実演をしてくれたのかな。一瞬そう思ったんだけど、「まさかなあ」とすぐに打ち消した。ヨキはだれに対しても、そんなふうに気をつかったりはしない。本能の赴《おもむ》くまま、なんでもやりたいようにやって生きている。そのときもきっと、突然うしろ向きに激走してみたくなっただけなんだろう。

ヨキといると、迷惑なことも多いし、気苦労も絶えない。だけど、飽きるってこともない。自由ではちゃめちゃだけど、ヨキをきらいなひとを俺は見たことがない。

二時間かからず、鉄塔が並ぶ場所までたどりついた。鉄塔のまわりは植林されておらず、シダが生い茂っている。そのぶん見晴らしもよくて、波のように連なる緑の山々を眺めることができた。

読者のみんなたちにも、見せてあげたかったなあ。空に浮かぶ雲の影が落ちて、山のところどころが、黒に近いほど濃い緑に染まってる様子を。雲が動くにつれ、まだらな濃い緑もゆっくりと山の斜面を移動するんだ。

俺とヨキは、しばらくシダを刈った。鉄塔はひとつではなく、直線距離で三百メートルほどの間隔をあけ、稜線《りょうせん》に並んでいる。

「こりゃあ、改めてシダ刈り部隊を出動させなあかんな」

一基の鉄塔の周囲をきれいにするだけでも、かなり時間がかかりそうだ。道は確認できたし、日も傾いてきたし、今日のところは退散しようということになった。

鉄塔付近には一時間も滞在せず、俺たちは道を戻りはじめた。ノコも、茂みに出たり入ったりを繰り返しながらついてくる。熊が出没したらしい沢のあたりも、無事に通過した。

南の山の山頂についたときには、四時をまわっていた。杉に囲まれているせいで、西日も差さない。早くも薄闇があたりを覆いはじめた。

日のあるうちに林道まで下りなければと、俺はあせっていたんだと思う。帰りの道のりも半ばを過ぎて、油断もあった。熊にも出くわさなかったし、ヨキの足についていくこともできた。ちょっと気持ちにゆるみが生じていたんだよな。

ちょうどケヤキのご神木まで来たときだ。かたわらの茂みががさがさ揺れて、俺はハッと身構えた。その拍子に、斜面のくぼみに足をとられ、右足首をひどくひねってしまったんだ。

「いてっ」

と言って俺が倒れこむのと、茂みからノコが出てきたのとが同時だった。ノコはびっくりしたように、倒れた俺の頬《ほお》を嗅いだ。

ヨキがすぐに引き返してきて、

「どないした」

と俺のそばにしゃがみこんだ。冷静な眼差《まなざ》しと手つきで、俺の全身を確認する。

「ちょっと足をくじいちゃったみたいだ」

俺はそう言って、体を起こした。右足が痛くて、立てない。斜面に座りこんだまま、スパイクつきの地下足袋を脱ぎ、作業着のズボンの裾《すそ》をめくりあげた。

足首は早くも、盛大に腫《は》れはじめていた。

「折れとらんか。ちょいとだけ動かしてみぃ。……うん、たぶん捻挫《ねんざ》やな」

「どうしよう。ごめんな、ヨキ」

ヨキは無言で俺の頭を軽く叩き、立ちあがった。数瞬、杉の葉越しに空を見上げていたが、すぐに俺へと視線を落とす。

「かついでやりたいが、途中で夜になる。それはさすがに危険や。ここで夜明かししよう」

「えっ」

と、俺はひるんだね。「でも、熊が……」

「熊は出やん」

なんでそう言い切れるんだよ。と思ったけど、ヨキは自信まんまんだ。

「獣は、自分より強いもんをよう知っとる。ぶちのめされるために、わざわざ俺のまえに出てくるようなアホはおらん」

そうかなあ。と思ってるうちに、ヨキは行動を開始した。作業着の胸ポケットから携帯電話を取りだし、

「つながるやろか、つながるとええな、つながれ……」

と、ぶつぶつ言う。ヨキが耳に押しあてた携帯から、

「ヨキか、どうした」

と清一さんの声が漏れ聞こえた。

「勇気が足ひねってな。うんにゃ、捻挫やと思う。そうそう、南の山の中腹。ご神木のケヤキんとこや。そんでな、もう日没やで、俺たちはここで朝を待つわ。おまえ、悪いが俺の軽トラから、毛布とライター持ってきてくれんか。ん、頼むな」

通話を切ったヨキは、今度は俺に向かって言った。

「俺はこれから、さっきの沢まで行って、水汲《く》んでくる。おまえはノコと、ここでおとなしゅう待っとれ」

「でも、もう夜になるんだよ。危ないだろ」

「平気や。そのうち清一が来るから、毛布を受け取っといてぇな」

ヨキは俺からヘルメットを奪い取り、さっさと斜面を登っていってしまった。

俺をかついで山を下りたんじゃ、夜に追いつかれる。でも、ヨキや清一さんは身軽だから、ケヤキから沢まで、林道からケヤキまで、暗くなるまえに余裕で往復できると踏んだんだろう。心細い……。とはいっても、動くこともできず、俺はノコと一緒に斜面に座っていた。右の足首は熱を帯び、心臓が移動してきたみたいに、鼓動に合わせて特に痛んだ。本格的に暗くなるまで、あと一時間もないはずだ。ケヤキから沢まで、俺は一時間弱かかった。でもヨキなら、同じ時間で往復できるってことだ。

ヨキの足についていけた気でいたけれど、俺のペースに合わせてくれてたんだ。自分の思いあがりが気恥ずかしく、怪我なんてしてしまったことが悔《くや》しかった。

「おーい、勇気。大丈夫か」

懐中電灯らしき明かりとともに、清一さんの声がした。林道からケヤキまでの道を、清一さんは二十分で登ってきた。俺は三十分ぐらいかかったってのに、本当にいやになる。俺のほうが若いけど、ヨキにも清一さんにも、脚力で断然負けている。

「大丈夫です、すみません」

俺の声を頼りに、清一さんが薄暗がりのなかから姿を現した。かついでいた毛布を下ろすと、なかからたくさんの木の枝が出てきた。山で夜明かしするには薪《まき》がいるだろうと、拾い集めながらやってきたのだそうだ。さすがだ、清一さん。

拾った木の枝で、清一さんはまずは焚き火をおこしてくれた。その炎の明かりで、俺の足首を確認する。

「相当腫れているな」

「ヨキがいま、沢へ水を汲みにいってくれてるんです」

「手ぬぐいは持ってるか？　俺のも置いていくから、こまめに冷やすんだ。熱が出るかもしれないし、なるべくあったかくして、安静に」

清一さんは毛布で俺をぐるぐる巻きにし、ご神木のケヤキに寄りかからせた。ケヤキの太い幹が風よけになるし、焚き火はすぐ目のまえにあるし、覚悟していたほど寒くはない。

「勇気とヨキをお願いします」

と、清一さんはケヤキに向かって手を合わせた。そういえば、しょんべんしたくなったら、どうすればいいのかな。俺は心配になった。まさかご神木に立ちションするわけにはいかないから、近くの杉までケンケンで移動しないと。

「おう、清一。来とったか」

水の入ったヘルメットを両手にぶらさげ、ヨキが戻ってきた。「ありがとな」

「ライターと、ビスケットが少しあったから持ってきた」

清一さんが、野宿に必要な品をヨキに手渡す。「俺も一緒にとどまろうか」

「いらん。俺たちの居所を知っとるのは、おまえだけなんや。家へ帰って、万が一の事態に備えてくれ。朝八時までに俺たちが戻らんかったら、遭難したものと思うて、通報を」

「わかった。気をつけろよ、ヨキ。勇気を頼むぞ」

「ほいな」

清一さんは懐中電灯を手に、何度も振り返りながら、暗い斜面を下りていった。清一さんの背中は、すぐに見えなくなった。こんなに足もとが悪いなかで、すごい速さだ。神去村のひとたちって、やっぱり天狗《てんぐ》なのかもしれないな。

ヨキは石でヘルメットを固定し、汲んできた水に手ぬぐいをひたした。つづいて作業ズボンのポケットから、楕円形《だえんけい》の緑の葉を取りだす。

「ビワの葉や」

とヨキは言った。「煎《せん》じて飲むと捻挫に効くて、まえに繁《しげ》ばあちゃんが言うとった。いまは煎じようがないから、貼《は》っつけとこ」

それで効果があるのか疑問だが、ヨキは真剣な顔で、俺の足首にビワの葉を貼り、湿らせた手ぬぐいを載せた。ひんやりして気持ちがいい。鈍《にぶ》く痛み、熱を持っていた足首が、少し楽になった気がした。

ヨキは焚き火を挟んで向かいがわに座り、火の番をしたり、ノコを撫でたり、俺の手ぬぐいを何度も濡《ぬ》らしたりした。俺たちはほとんどの時間、黙って朝を待っていた。たまに、お互いの腹が盛大に鳴った。ノコもそのたびに、「まいったな」と相槌《あいづち》を打つようにキューンと鳴いた。ごめんな、ノコまで野宿につきあわせちゃって。

ときどき、茂みが揺れ、鋭い鳥の声が闇を裂いた。ご神木のケヤキの枝が、真っ暗な空を支えてくれているような気がした。

そして、場面は冒頭に戻る。

「夜、深い山のなかにおると、気配を感じる」

ヨキは静かな声で、そう言ったんだ。


ヨキの言う「なにかの魂の気配」を、俺はこれまで感じたことがあるだろうか。毛布に顎《あご》をうずめ、ちょっとのあいだ考えてみた。

でも、ゆらゆら揺れる焚き火を眺めていたら、猛烈な睡魔が……。夜はいつも、わりと早く寝てるからなあ。背中に感じるケヤキのごつごつ感も、文字どおり、かゆいところに手が届くというか(孫の手効果)、絶妙にリラックスさせられちゃうんだよ。そのうえ、脳みそを使うなんて慣れないことしたら、効果てきめん。三秒後にはうとうとしてしまったみたいだ。

ふと気づくと、まだ夜のただなかで、ヨキが手ぬぐいを交換してくれたところだった。

「ごめん、寝てた」

俺は目もとをこすって無理やり眠気を払い、座りなおした。気まずかった。車を運転してもらってるのに、助手席でガーガー寝てしまったときのような気まずさだ。

いや、俺は自分が運転してるときに、助手席のひとが寝てても、なにも気にならないけどね。むしろ、直紀さんが助手席で寝てくれたりなんかしたら、「かわいいなあ」とか「ここまで直紀さんを安心させることができる俺よ、なかなかのものであるぞ」って、うれしくなると思う。言うまでもなく、直紀さんが実際に助手席で寝たことは一度もない。数瞬のうたたねが永眠につながると信じてるみたいだ。ドラテクを磨かないとな……。

「助手席で寝ていいのかどうか」問題は、プチ遭難の話題とは関係ないので置いておこう。俺はそんなちっぽけなことで怒るような男じゃない、って覚えておいてくれればいい。読者のみんなたちよ、もし俺とデートする機会があったら、遠慮なく助手席で寝てほしい。俺が運転中に眠くなったときは、「ちょっとごめん、つねるとか臓腑《ぞうふ》が縮みあがるような悪口を言うとか、してくれる？」ってお願いするから。

書いててむなしいなあ。直紀さんにドライブデートを申しこんでも、三回に二回は断られてる身なのに。架空の「読者のみんなたち」に対して、ついついかっこつけてしまった。

なんだっけ？　あ、そうそう。ヨキは俺が寝こけてても、気を悪くしたふうではなかった。俺のせいで、山んなかで野宿しなきゃならないはめになったってのに。器《うつわ》の大きい男を演じようって魂胆《こんたん》だろうか。

いや、認めるのは悔しいが、事実ヨキは、わりと器が大きいほうだ。もちろん、ヨキはこれまで、俺を怒鳴ること無数回である。でもそういうのは、俺が山仕事で気を抜いてたり、何度言われても同じまちがいをしたりするときなんだ。

ヨキ夫婦の喧嘩《けんか》だって、大半はみきさんが仕掛けて勃発《ぼっぱつ》する。ヨキも言い返すけど、たいていは言い負かされてへこへこしている。

「それが夫婦円満の秘訣《ひけつ》なんや」

って、ヨキは紛争終結後、庭先で煙草《たばこ》を吸う。遠く神去山の稜線あたりを眺める姿は、男の哀愁って感じだ。

たまに突拍子もないことをやらかすけど、ヨキは基本的にはおおらかなんだよな。山仕事が絡《から》まない部分では、ひとと争うのも、あまり好きじゃないみたいだし。まあ、万が一ヨキが暴れだしたら、だれも手をつけられないだろうから（なにしろ常人ばなれした体力の持ち主だ）、争いごとのほうが怖れをなして、ヨキを避けて通ってる感じはあるけど。さわらぬ神にたたりなし、ってやつだ。

さて、手ぬぐいを濡らしなおしてくれたヨキは、ついでに俺の額にも触れた。

「熱が出てきたみたいやな」

「そういえば、ちょっと寒気がする」

「そりゃ、あかんねぇな。ちょいと待っとれ」

ヨキは焚き火に枝を投じ、炎を大きくした。ついで、自分のぶんの毛布まで俺に巻きつけた。

「いいよ、ヨキも寒いだろ」

「ちぃとも寒くない。俺にはノコもおるし」

ヨキは頼もしげに、かたわらで伏せをするノコの背を撫でた。「それより、ちゃんと水を飲んでおくんや」

「えー、いやだよ。だってこれ、いつもかぶってるヘルメットじゃん」

「それがどないした」

「頭の皮脂とか汗とか……」

「あほ。栄養分たっぷりやと思え」

ヨキにすごまれ、俺はしぶしぶ、ヘルメットに汲んであった水を飲んだ。幸いなことに、しょっぱくはなかった。沢の水は、汲んでから時間が経つのに冷たいままだった。山の気温がどんどん下がっているのか、俺の体温が急上昇中なのか、変化をはねつけるほど水が澄んでいるからなのか、理由はどれだかわからない。

水分を摂《と》ったおかげで、少し気分がよくなった。足首はあいかわらず熱っぽく、そのわりに肩のあたりがぞくぞくしていたけれど、睡魔の波は去ったようだ。

ヨキはケヤキのご神木のまわりで、焚き火に投じるための枝を探しはじめた。明かりが届かない暗闇のなかでも、獣なみの視力を保持しているらしい。ひとしきり、がさがさと歩きまわる音が聞こえていた。やがてヨキは、大量の枝と葉っぱを抱え、焚き火のそばに戻ってきた。

「いま何時？」

と、俺は尋ねた。

「日付が変わるころやな」

睡魔に負けたのは、ほんの十分程度だと思っていたんだけど、ずいぶん寝ちゃってたみたいだ。自分で考えるよりずっと、捻挫と発熱と野宿は体に負担をかけていたんだろう。でも、夜はまだまだ長い。このあとは寝ないようにするぞ、と俺は決意した。

ヨキに面倒をかけているのに、俺だけ寝るわけにはいかない。そんな、助手席的意地ももちろんあった。ヨキだって眠いだろう。もし、二人そろって寝ちゃったら、焚き火が消えてしまって、闇の向こうから冬眠まえのヒグマが襲ってくるかもしれない。そういう恐怖もあった（「だから、熊は来やせんて言うとるやろ。このへんにヒグマはおらんし」と、ヨキはあきれそうだけど）。

だがなによりも、寝ずにヨキと話したいと思ったんだ。いいチャンスだと思った。居候《いそうろう》させてもらって、山で一緒に仕事をしてるけど、ヨキと面と向かって真剣な話をしたことって、ほとんどない。照れくさいし、破天荒すぎるヨキに通じる言葉って少ないしね。でも、夜の山で二人きりなら（ノコもいるが）、落ち着いて会話できそうだ。このところ気になっていたことを、いまこそぶつけてみよう。

「さっき、ヨキが言ってたことなんだけどさ」

意を決して俺が切りだすと、ヨキは清一さんが置いていったビスケットをノコにやりながら、

「さっき？」と首をかしげた。

「なつかしいような、なにかの魂の気配を感じる、って言っただろ」

「ああ」

ヨキは笑い、ビスケットをうまそうに噛《か》み砕《くだ》いた。「それ、二時間ぐらいまえの話題や。時差ボケか？」

寝てたんだよ、俺は。外国に行ったわけでもないのに、時差ボケなはずないだろ。あと、自分がビスケットを三枚食べるあいだに、なんで俺には一枚しか勧めないんだよ。

気を取り直し、話をつづけた。

「俺は、なつかしさなんて感じたことない。山で仕事してると、なんだか静かな気持ちになったりはするよ。猿や鹿がこっちを見てるなって、わかることもある」

動物って、けっこう存在感があるんだ。巌さんと熊の話をしてから、俺が神経質になりすぎなだけかもしれないけどね。いまも、茂みや梢が風に揺れるたび、「どんな危険な獣が!?」って、びくびくしちゃってるし。

ヨキに弱みを見せるのは癪《しゃく》だったが、俺は思いきって打ち明けた。

「でも、ヨキが言う気配って、そういうのとはちがうんだろ？　俺がその気配を感じ取れないのは、まだ一人前じゃないからなのかな」

本当は、「俺が村で生まれた人間じゃないからなのかな」と聞きたかった。

村のひとは、死んだら神去山の彼方《かなた》へ還《かえ》るのだという。じゃ、俺は？　このまま死ぬまで神去村で林業をしたとして、俺は「村のひと認定」されるんだろうか。ヨキが感じるという「なつかしい気配」のなかに、俺の魂も含めてもらえるんだろうか。

考えると、心もとなくなってくる。でも、ずばっと聞くのもためらわれる。「どうした勇気、さびしいんか」なんて思われたら、屈辱だからね。だから、思いきったわりには遠まわしな表現になってしまった。

「どうやろな」

と、ヨキは指さきで顎を掻《か》いた。「気配ちゅうても、俺の錯覚みたいなもんやけど」

そのままちょっとのあいだ、ヨキは焚き火越しに俺を眺めていた。ややして、小枝を折っては焚き火にくべながら、ヨキは言ったんだ。

「勇気はまだ、村で親しいもんを亡くしとらんやろ。たとえば俺が死んだら、きっとおまえも、山で俺の気配を感じるようになる」

俺は神去の山に還るでな。ヨキはわずかに笑みを浮かべ、そうつけ加えた。

「縁起でもない」

と、俺は言った。「だいたい、ヨキのほうが俺より長生きしそうじゃないか」

「そうかもしれんな」

ヨキは今度ははっきり笑い、ノコの頭をぐりぐり撫でた。

俺も、「しょうがないな」というふうに笑ってみせたけど、ほんとのところ泣きそうだった。ヨキは、俺が飲みこんだ言葉を敏感に察したんだ。このまま村で生きて死んで、どうなるんだろうという俺の迷い。行き先が見えないこわさ。そういう気持ちを察して、請けあってくれた。「いつかは勇気も気配を感じられるようになる。神去の山につながることができる」と。

なにかにつながるって、ふつうだったら鬱陶《うっとう》しいよな。つながれることを喜ぶひとなんて、いないと思う。でも俺はそのとき、すごく安心したんだ。いつか、俺は神去の山々とつながれる。へその緒で母親とつながっていたみたいに。これまで死んでいった、たくさんのひとたちの列に連なる。気配として山を漂い、俺みたいな半人前の作業員をびびらせたり、ヨキみたいな山仕事の天才を安らがせたりする。

子どもだましの、バカみたいな考えだけど、そんな想像をした。生きた人間は俺とヨキ以外にだれもいない、深い夜の山にいたからかもしれない。

見上げると、葉を落としたケヤキの枝が網目《あみめ》みたいに広がっていた。たくさんの銀の星を、水滴のようにぶらさげながら。

「ヨキも、死について考えたりするんだ」

「そりゃ、たまにはな」

「たまにか」

「そないなこと、しょっちゅう考えとったら頭おかしくなるで」

ヨキは寒そうな素振りも見せず、あぐらをかいている。「でもまあ、山仕事はいつどんな事故があるかわからんでな。みきにも、いざというときに取り乱したらあかんて言うてある」

そうだったんだ……。俺はびっくりしてしまった。しょっちゅう喧嘩と仲直りを繰り返し、生命力の塊《かたまり》みたいな夫婦だと思ってたけど、シリアスな話もちゃんとしてたんだな。

「ねえ、ヨキ」

と俺は言った。「二十年まえの事故のこと、聞いた」

「だれに」

暗がりでもわかるほど、ヨキの表情が強張《こわば》った。俺は急いで説明した。

「山根のおっちゃんだけど、でもちがうんだ。俺が無理やり聞きだしたんだよ。お墓を歩いてるときに、同じ日に亡くなってるひとが多いなって気づいてさ」

「そうか」

ヨキはため息をついた。「それは気になるやろな。いっぺんに十人以上が亡うなるなんて、尋常のことやないもんな」

「バスの事故だったんだって？」

「おう。報《しら》せが来たとき、俺は繁ばあちゃんと昼飯を食っとった」

その日、ヨキは不機嫌だったのだそうだ。正確に言うと、不機嫌はその日にかぎったことじゃなかった。小学五年生のヨキは、思春期と反抗期がはじまりかけ、理由もなく毎日いらいらしていた。

ヨキの両親は、五月四日に大峰講へ出かけた。まだ元気に立ち歩けた繁ばあちゃんに、一人息子を託して。

「夜は冷えるから、厚めのお布団のほうをかけるんやで」

と、母親は言った。

「土産《みやげ》買《こ》うてくるで、ざあらし（いたずら）してはあかんねぃな」

と、父親は言った。

でも、ヨキはむくれたまま、「いってらっしゃい」の挨拶もろくにしなかったとのことだ。ヨキの父親と母親は、何度も振り返りながら橋を渡り、集会所に停まっていたマイクロバスに乗りこんだ。

生きて動いている両親をヨキが見たのは、それが最後だった。

「いまでも悔やまれてならん」

と、ヨキは言った。「なんで俺は、笑顔のひとつも見せんと、二人を行かせてしもうたんか。あの朝のことを何度も夢に見たが、どうしても、いっつも、俺はぶすくれとる」

「そういうお年ごろだったってことは、ヨキのお父さんとお母さんだってわかってたはずだよ」

俺にも覚えがある。ていうか、つい最近まで反抗期だったしなあ。あれしろ、これしろ、と言われるばっかりで、親と話すのなんてむかつくし面倒くさいと思っていた。いまは離れて暮らしてるせいか、悟りが拓《ひら》けたのか、以前よりも冷静に親と会話できるけど。

でも、ヨキは悟りを拓くだけの時間もなく、突然両親を失ってしまったんだ。

俺の下手な慰めを受けて、

「そやなあ」

とヨキはやるせなさそうにつぶやいた。

六日の夕方に帰るはずだったヨキの両親は、昼すぎに奈良県の山道で事故に遭った。警察から電話で連絡があったとき、繁ばあちゃんは受話器を握ったままへたりこんでしまったそうだ。

「事故て、どういうことですかいな。はあ、はあ、はいな?」

動転のあまり何度も聞き返し、事態を把握するまで時間がかかった。

「あれがきっかけで、ばあちゃんの耳は遠くなったんやな」

と、ヨキは言う。きっかけかどうかはわからないけど、耳が遠くなるほどの衝撃だったのは事実だろう。

繁ばあちゃんが受話器に向かって発する言葉の端々から、ヨキは事態を察知した。あわてて家を飛びだし、清一さんのもとへ走っていったそうだ。高校生だった清一さんは、大きな屋敷で一人で留守番をしていた。ヨキが駆けこんだとき、清一さんは受話器を置いたところだった。

「一瞬、キュウリの亡霊かなにかかと思うたで。清一のやつ、それぐらい青い顔をしとった」

清一さんはヨキに、

「財布と保険証を用意するんや。俺は三郎さんに、車を出してくれるよう頼んでくる」

と冷静な口調で言った。

そのころには、のどかな村が大騒ぎになっていた。だれもが自宅のまえで、道ばたで、情報を交換しあった。たしかな情報なんて、まるでなかったけれど。バスが谷底に落ちたせいで、捜索は難航していたからだ。心配そうにうつむくひと、感情が波立って泣いてしまうひと、それを叱《しか》りつけるひと、どうやって事故現場まで行くか相談するひと。村じゅうが不安と混乱に陥《おちい》った。

結局、村役場が車を出すことになった。バンやらセダンやら、公用車をかき集め、一行は奈良県の事故現場へ向かって出発した。一行というのは、大峰講に参加したひとの家族と、役場の職員のことだ。神去地区を代表し、三郎じいさんも自分の車を運転してついてきた。

繁ばあちゃんとヨキは、バンの最後部の座席に座った。ヨキの隣には清一さんがいた。車内は無言だった。空気は張りつめ、かえって異様な高揚に満ちているような感じもしたという。

大変な事態に直面してるってのに、もし、「ピクニックに行くところや」とだれかが言ったら、「そうやったけ」とうっかり信じてしまいそうなムードだったらしい。

午後の光のなか、五月の山は鮮やかな緑に覆われ、輝いていた。でも、ヨキはそれを見ても、なにも感じることができなかったそうだ。いつもならば、「ちんたら学校なんて通っとる場合やないねぃな。俺も早く一人前になって、毎日山に入りたいもんや」と思うところなのに。ヨキも清一さんも、幼いころからちょくちょく山仕事の手伝いをしてたんだって。

途中で何度か車を停め、役場の職員が電話で情報を集めた。携帯電話も普及していないころだから、道ばたの民家や商店に事情を説明し、電話を借りたらしい。

マイクロバスは、まだ谷底から引きあげられていなかった。乗っていたひとたちがどうなったかも、わからなかった。事故現場はただでさえ狭い山道なうえに、捜索にあたる車両でいっぱいなようだった。ヨキたちを乗せたバンは、ひとまず現場近くの村役場へ向かうことになった。

日が沈みきらぬうちに、一行は奈良県にある小さな村役場に到着した。その村の職員もてんてこまいで、情報収集に努めていた。

夜になって、山間《やまあい》の村は冷えこんできた。ヨキたち一行は、役場の隣にある小学校の体育館へ移動させられ、連絡が入るのを待った。毛布やらおにぎりやらみそ汁やらが、奈良の村の厚意で配られた。近所の女のひとたちが、大急ぎで炊《た》きだしをしてくれたのだそうだ。

神去村から来た人々は、みんな暗い顔をしていた。ヨキも、おにぎりとあたたかいみそ汁を無理やり胃に収めながら、悪い予感を振り払えずにいた。どうして、救出までにこんなに時間がかかるのか。大勢が待機するためとはいえ、病院ではなく体育館に案内されたのは……。

「ヨキ、覚悟しておいたほうがええ」と、清一さんが囁いた。「たぶん、最悪の事態や」

「そんな……」

そのときばかりは、清一さんの冷静さがうらめしく感じられたとヨキは言う。「そないなこと、まだわからんやろ」

「泣いたらあかんねぃな」

清一さんは優しくヨキをたしなめた。「もし、両親を確認しろ言われたら、おまえできるか」

「どういうことや?」

「繁ばあちゃん、倒れてしまうかもしれんで。おまえがしっかりせなあかん」

そうか、とヨキはぼんやり思ったそうだ。もし、お父さんとお母さんが死んどったら、俺が遺体を確認せんと。現実感がまるでなかったけれど、ヨキは清一さんに向かってうなずいた。

黒く闇に沈んだ山のほうから、パトカーのサイレンが聞こえてきた。一行は居ても立ってもいられず、体育館から校庭へ出た。パトカーのあとに、救急車と消防車もつづいている。村役場の公用車らしき黒い車もあった。どれもが、小学校を目指して近づいてくる。

あとでわかったことだが、小さな村にそう何台も緊急車両はなく、神去村同様、公共の施設が保有する車を総動員したのだそうだ。谷底から運びあげた、遺体を搬送するために。

校庭に停まったパトカーから、数人の警察官が降りてきた。そのうちの一人が、体育館のなかへ戻るよう一行に告げ、説明をはじめた。マイクロバスに乗っていたひと、全員の生存が絶望視されていること。捜索の結果、次々と遺体が見つかっていること。体育館に運びこまれてくるから、医師の検死を待って、肉親だと確認してほしいこと。

言われてみれば、警察官の陰に隠れるようにして、白衣を羽織《はお》った老人が所在なげに立っていた。神去村みたいに、この村にも一人しか医者がおらんのやろう。ヨキはそう推測した。ゴールデンウィークに呼びだされて、気の毒なことや。それにしても、見事にぴかぴかした頭やなあ。すべてが、自分とはてんで関係ない情景のように感じられたそうだ。

警察官の説明を聞いても、泣き叫ぶひとは不思議といなかった。虚脱したように立ちつくしたり、座りこんだりするだけだ。繁ばあちゃんがへたりこむのは、その日二回目だった。ヨキはあわててしゃがみ、卒倒しそうな繁ばあちゃんを支えた。毛布や灰色のビニールシートにくるまれた遺体が、体育館に次々に運ばれてきた。

体育館の床が、急にやわらかくなったみたいに感じられた、とヨキは言う。

「クッションみたいにふわふわして、安定が悪いんや。転びそうになりながら、俺は並んだ遺体のほうに近づいていった」

繁ばあちゃんは、「ヨキにそないなこと、ようさせられへん。わてが確認する」と言ったのだが、腰にも膝《ひざ》にも力が入らず、どうしても立てなかったんだ。

所持品から名前がわかったひともいたけれど、そうでないひとについては、毛布やシートのうえに服装を書いた紙が載せてあった。心当たりのあるひとが、その遺体の確認をする。神去村は、みんながお互いのことをよく知っているから、服装程度の情報であっても、「これはだれそれさんじゃないか」とすぐに見当がついた。

「おかしなもんやなあ」

と、ヨキは静かな声で俺に言った。「お袋のことは、指を見ただけでわかった。親父は腹のあたりで確信を持てた。ほんまに親しいひとのことは、そんな些細《ささい》なところも、よう覚えとるもんなんやな」

ヨキは、「父と母です」と警察官に告げた。警察官は小学生のヨキに、「ご愁傷さまです」と深々と頭を下げたそうだ。あれは心のこもった一言やったな、とヨキは言う。

ヨキは三郎じいさんにつきそわれ、繁ばあちゃんのそばに戻った。ヨキがうなずくと、繁ばあちゃんは顔をくしゃくしゃにしてしゃくりあげた。三郎じいさんが床に膝をつき、繁ばあちゃんを慰めた。体育館のあちこちで、すすり泣きや悲嘆の声が上がりだしていた。

ヨキはぼんやりしたまま、体育館を出た。校庭の片隅に、さきに両親の確認を終えた清一さんが立っていた。

「清一」

と声をかけると、清一さんはなにも言わず、ヨキの肩を抱いた。ヨキはようやく背がのびだしたころだったので、清一さんの胸あたりに顔が来た。体温に安心し、生まれたときから知っている相手だという気安さもあって、ヨキは言うことができた。

「どないしよう」

いまさらながら、体が震えてきたという。「これから俺たち、どないしたらええんやろう」

「大丈夫や」

と、清一さんは力強く答えた。「ヨキはこれまでどおり、俺の隣の家に住んで、大人になったら俺と一緒に山仕事するんや。なんにも変わらんから、安心せえ」

清一さんが着ている白いシャツ越しに、速い鼓動が聞こえた。それでヨキは、清一さんも動揺していることを知った。

にもかかわらず、自分を励ましてくれる清一さんの気持ちがうれしく、もう両親は俺を励ましたり叱ったりしてくれないんだと思ったら悲しくて、ヨキは獣みたいに大声を上げて泣いた。細く青白い月が、黒々と重なりあう稜線の狭間《はざま》に、控えめに浮かんでいたそうだ。


ヨキは淡々と語ったけれど、俺は圧倒されてしまった。小学生なんて、まだまだ子どもだ。俺は小学生のころ、友だちと放課後になにをして遊ぶかしか考えてなかった。いやなことといえば、週に二回、塾に行かなきゃならないってことぐらいだった。

だけどヨキは、両親を事故で亡くし、遺体の確認までしたんだ。いま同じことをしろと言われても、俺は自信がない。成人したってのに、なさけない。

「それからしばらくは、大変やった」

ヨキは斧の柄で焚き火をかきまわし、炎の勢いを強くした。「俺や清一以外にも、親を亡くした子が何人もおってな。村外の親戚《しんせき》に引き取られた子もいたで」

繁ばあちゃんがいなかったら、ヨキも村を出ていかなければならなかったかもしれない。ヨキが誇れるものといえば、山仕事以外には腕っぷしぐらいだ。神去村の外で育っていたら、裏街道へと足を踏みはずしていた可能性もある。

神去の神さま、繁ばあちゃんを長生きさせてくれて、ほんとにありがとう！　ヨキみたいな猛獣を、村外に解き放ってはならないと判断されたんですね！

「清一さんも未成年だったんだよね」

「うん。あいつんとこは、金はようさんあるが、親戚に恵まれんでのう。清一の両親が亡うなったとたん、わけのわからん親戚やら自称親戚やらが群がってきよった」

清一さんは、即座に中村林業株式会社の顧問弁護士に動いてもらい、山と資産を守った。遠縁にあたるみきさんの両親が後見人になり、山の実務は三郎じいさんが受け持った。清一さんが高校と大学を卒業し、名実ともに中村林業株式会社の社長になるまで、みきさんの両親も三郎じいさんも、わけのわからない親戚や自称親戚を撃退しつづけた。おかげで神去村は、豊かな山々を維持することができたんだ。

「山はたいてい、相続で切り売りされて、手入れするもんもおらんようになって、やがては荒れ果ててしまうもんやからな」

ヨキは器用に斧で炎を調節しながら、そう言ってため息をついた。「ま、清一が相手じゃあ、親戚も自称親戚も分《ぶ》が悪い。あいつは生まれたときから、おやかたになるために教育されてき

な」

「神去村やから、そこまでスケールが大きいかどうか……。お山の大将学ってもんかもしれん
「帝王学ってやつ?」

たでな」

実際、山持ちやし、とヨキは楽しそうに言った。

いつも冷静で、山のことを真剣に考えている清一さん。田んぼの神さまに、たった一人で挨拶していた清一さん。俺は納得した。だから清一さんは、おやかたさんとして信頼され、尊敬されているんだ。清一さんのお父さんも、きっとそういうひとだったんだろう。

神去村の住人は一丸となって、予想もしていなかった危機を乗り越えようと努めた。多くの命が突然失われたけれど、時間が経つにつれ、日常が戻ってきたように見えた。中村林業株式会社は依然として広大な山林を管理し、清一さんは立派なおやかたさんになり、ヨキはますますやんちゃに成長した。

「でもな。いまもたまに、夢を見る」

と、ヨキは言った。「親父とお袋の声が聞こえる。俺は繁ばあちゃんと、玄関先で二人を見送るんや。これでお別れやとわかっとるのに、ぶすくれたまま、声もかけやんで」

うなされるヨキを、みきさんが起こしてくれることもあるらしい。そういうとき、ヨキはしばらく現実に戻ってこられず、濡《ぬ》れ縁《えん》で煙草をふかすのだそうだ。

死者が還るという、神去山の稜線を眺めながら。

俺はふいに、ヨキがみきさんと結婚した理由がわかった気がした。ヨキは早くに家族を亡くしたから、自分の家族が欲しかったんじゃないだろうか。かといって、相手はだれでもいいわけじゃない。ヨキが失ったもの、ヨキの苦しみや悲しみ、そのすべてを身近で見ていたひと。ヨキの事情を、よく知っているひとじゃなきゃだめだ。知ったうえで、生者の世界へと、強引なぐらいにヨキをつなぎとめてくれるひと。

みきさんのほかにいない。ヨキを心から大切に思い、理解しようとする、太陽みたいな情熱と明るさを持ったひとは。

「深い山で仕事しとると、夢のなかと同じぐらい、死んだひとらに近づける気ぃする」

ヨキは話をそう締めくくった。「三郎じいさんによれば、山はあの世とこの世の境目なんやそうや」

ヨキが酔っ払って神去川の岸辺で寝るのは、つながりたいからかもしれない。谷底に落ちたマイクロバス。めだかの卵がかえる音。飛び交う蛍《ほたる》。揺れるススキを映す川面《かわも》。薄い氷の下で春を待つイワナ。

神去山から湧きだした水は、神去川となって、死者と生者のあいだをゆるやかに流れる。

遠い日に清一さんがそうしたように、俺もヨキの肩を抱きたい気がした。大丈夫！　と言って、力強く肩を揺さぶってやりたい気がした。

でももちろん、しないけどね、そんなこと。ヨキは俺よりガタイがいいし、神去の山じゅうを駆けまわったあとでも、スクワットを五百回はできそうな体力魔神だし。いまさら俺が励ましたところで、「なにしとるんな」と鼻で嗤《わら》われるだけだろう。

かわりに俺は、

「ヨキ、ちょっと寝ろよ」

と言った。「今度は俺が焚き火の番をするからさ」

ヨキのぶんだった毛布を放り、横になるよう手で示す。

「一丁前なこと言いよるやないか」

ヨキは笑いをこらえるみたいに、頬の筋肉をぴくぴくさせた。「『きゃあ、熊ー！』って、驚いて転んだくせに。熊公の正体見たりかわいいノコ、やで」

「うるっさいな。いいから寝ろってば」

俺が葉っぱを投げつけると、ヨキはノコを抱え、毛布をかぶって横になった。

「二時間後に起こせや」

「うん」

「熊が出たら、退治してやるからな」

「しつこいな」

ややして、ヨキは眠ったみたいだった。

焚き火が消えないように、ヨキがうなされたらすぐ起こせるように、俺は見張りに全力を注いだ。足首の腫れは、ちょっと引いてきていた。

梢がざわめく。音もなく頭上にちらばる星。どこかで鳥がはばたき、小動物が走っている。

ノコの三角形の耳が、蝶々《ちょうちょう》の羽みたいに震える。

なぜだろう。俺はもう、夜の山にこわさを感じなくなっていた。布団のなかで目をつぶったときみたいに、密度の高いあたたかい闇が、俺たちを取り巻いていた。

見守るように。なにかを囁きかけるように。


途中で一度、ヨキと見張りを交代し、ケヤキにもたれたまま少し眠った。

「起きろー!」

というヨキの怒声で目を覚ましたら、五時半だ。あたりは夜と変わらず暗い。

「なんだよ、まだ日の出まえだろ」

「さすがに朝の冷えこみは厳しいな。凍えてきよった」

俺の抗議なんておかまいなしで、ヨキはヘルメットに残っていた水を焚き火にかけた。さらに足踏みをして、念入りに火の始末をする。

「さあ、もう出発するで」

きっと空腹がピークに達したんだろう。腹が減った動物に、なにを言っても無駄だ。しょうがないなと諦め、俺は立ちあがろうとした。でも、だめだ。体重をかけると、さすがに足首が痛い。急な斜面を下りることはできそうにない。

「栗の木みたいに、俺のこともヘリで吊りあげてもらえないかなあ」

「無理に決まっとるねぃな。神去山に生えとるような木は値がつくが、勇気を吊りあげたところで一銭にもならん」

「じゃあ、捻挫が治るまで、俺はここで野宿?」

「背負うたる」

「はい?」

「俺が背負うたる」

俺に向かって背中を向け、ヨキはしゃがみこんだ。「ほれ、乗れ。ヘルメットはかぶれ。毛布は抱えろ」

「無茶だよ! 筋肉ついたし、俺けっこう重いから」

「材木に比べりゃ、軽い」

ヨキが背負うと言って聞かないものだから、俺は毛布を抱え、ヨキにおんぶされる体勢になった。半信半疑だったんだけど、ヨキは本当に俺を背負って立ちあがり、揺るぎない足取りで斜面を下りだした。

「行くで。ノコ、ついてこい!」

疾風とはまさにこのことだ。ヨキはふだんとほぼ変わらぬスピードで、足場の悪い斜面を一直線に駆けくだる。

「んぎゃー!」

俺は毛布で両手をふさがれてるもんだから、上半身を固定できず、のけぞってしまったほどだった。鍛えた腹筋を駆使し、風圧とスピードに逆らって、意地で姿勢を戻したけどね。

毛布を俺の腹とヨキの背中のあいだで挟むようにし、空いた両腕をあわててヨキの首にまわした。そうでもしなきゃ、振り落とされてしまう。かたわらを激走するノコが、白い狼《おおかみ》みたいに精悍《せいかん》に見える。

「暗くてもこんなに走れるなら、野宿する必要なんかなかったじゃん！」

耳もとでゴウゴウ鳴る風に負けないよう、俺は声を張りあげた。

「やってみたら、案外走れるもんやなあ」

と、ヨキはのんきに笑った。

東の空がうっすらと白んできた。前方で懐中電灯の明かりが明滅した。

「ヨキか？」

斜面を登ってきたのは、清一さんだった。

「おう、清一」

ヨキは清一さんのかたわらを行き過ぎてから、急停止して体ごと振り向いた。遠心力がかかった俺は、舌を嚙みそうになり、必死でヨキの背中にしがみついた。林道まであともう少しという地点で出くわした清一さんは、丸めた布担架《ぬのたんか》を小脇《こわき》に抱えている。

「そろそろ、ヨキが行動に移すころだろうと思ったんだ」

清一さんはヨキの性格を熟知しているから、夜明けを待たずに迎えにきてくれたらしい。

「でも、予想のうえを行く早さだったな。猪《いのしし》でも駆けおりてきたのかと、身構えたよ」

「腹減って、辛抱たまらんのや」

ヨキは俺を背中から下ろし、腕をつかんで支えながら言った。急斜面で片足立ちするのは、かなりむずかしい。

「ビスケット、ほとんどヨキが食ったくせに」

俺はぼやいたんだけど、ヨキはそっぽを向いて知らん顔をしている。

結局、担架よりも速くて安定がいいということで、林道までの残りの道のりもヨキにおんぶしてもらった。ノコは盛大に尻尾《しっぽ》を振り、「さっさと軽トラックの荷台に乗せて、家へ連れ帰ってほしいもんだ」とアピールする。ノコこそ、昨日から数枚のビスケットしか食べていない。かわいそうに、すごくおなかが減っただろう。俺が転んだせいで、ごめんな、ノコ。

俺はヨキの手を借り、助手席に座った。清一さんの軽トラのうしろを、ヨキが運転する軽トラがついていく。林道のカーブを曲がったところで、フロントガラスから朝の光が差しこんだ。まぶしさに目を細めたことまでは覚えている。次の瞬間、俺は意識を手放しちゃったみたいなんだよな……。プチ遭難から無事帰還できた安堵《あんど》と、空腹と、捻挫やら野宿やらで体力ゲージが極端に減っていたせいだろう。ヨキのすさまじく乱暴なおんぶ走りが、とどめの一撃になったのは言うまでもない。

気がついたら、俺の部屋として使わせてもらっている六畳間だった。なじんだ枕《まくら》の感触。布団の心地いい重み。ああ、助手席で寝てしまった！　運転者はヨキだから、べつにどうでもいいんだけど。ぐるぐる考えながら、見慣れた天井を眺めていたら、しわくちゃな物体が唐突に視界に入ってきた。

「うおっ」

びっくりして声を上げると、中腰で俺を覗きこんでいたらしい繁ばあちゃんも、「おひゃっ」と尻餅《しりもち》をついた。

「なんだ、繁ばあちゃんか。どうしたの？」

「どうしたやあらへん」

繁ばあちゃんは腰をさすりながら、俺の枕もとに正座した。「勇気がなかなか起きてこんから、心配して見にきたんや」

「え？」

急いで身を起こした。表はすでに夕暮れどきのようだ。

「あんた、朝戻ってきてから、ずっと寝とったんやで」

「ヨキと清一さんは？」

「山や。そろそろ帰ってくるころやろ」

タフだ……。二人の体力に比べ、俺ときたら。自分がふがいなくて、うつむきがちのまま布団を剝ぐ。

「あれ、いつのまに？」

捻挫した右足首には、包帯がしっかり巻かれていた。においからして、その下には湿布も貼られているようだ。

「ヨキと清一が、あんたを部屋へかつぎこんでな」

繁ばあちゃんは、もぐもぐしながら言った。入れ歯の調子がよくないんだろう。

「ひどい捻挫やちゅうて、すぐに電話で医者を呼んだんや」

神去村には、お医者さんが一人しかいない。俺も花粉症の時期には薬をもらいにいくんだけど、ものすごい高齢で、耳も遠いおじいさんだ。大声で何度も、「花粉で！　鼻水が！」と説明しないと、いちじくかんちょうとかが出てきてしまう。花粉にかんちょうは関係ないだろ。住人のなかには、「あの医院に行くと、疲れて必ず体調崩すねぃな」と言うひともいるぐらいだ。花粉症の患者を、正真正銘の病人にして帰す。ある意味、究極の自給自足（？）医院だ。

「よく、往診に応じてくれたね」

「ヨキが送迎したんや。包帯を巻いたのはみきで、湿布はわての薬箱から探してきた」

それって、おじいさん先生を呼んでくる必要なかったんじゃ……。

「まあ、目ぇ覚めてよかった」

繁ばあちゃんは、顔の皺《しわ》を深くした。たぶん笑ったんだろう。

「みきも心配しとったんやけど、さっき買い物に出かけたところや。ビワの葉を採ってくるよう、ヨキに頼んどいたから、夕飯のあとに煎じ薬を作ったる」

「ありがとう」

立って歩こうとしたんだけど、やっぱりまだ痛みがある。俺は部屋を横切ろうと、けんけんで移動した。

「どこ行くんや。しっこか」

「ちがうよ。現場。今日は兵六沼《ひょうろくぬま》のほうだったよね」

あとかたづけだけでも手伝おうと思ったのだが、

「あかんねぃな！」

と繁ばあちゃんに止められた。しかも、俺の無事なほうの足首をつかんだもんだから、体勢を崩して顔から畳に激突するところだった。なんとか両腕で体を支え、転倒を防ぐ。

「ちょっと繁ばあちゃん！　危ないだろ」

畳に這《は》いつくばったまま体をひねり、俺は繁ばあちゃんに抗議した。まったく、捻挫以上の大怪我しちゃうよ。

「あんたは二、三日、家で安静にせなあかん」

「お医者さんがそう言ったの」

「うんにゃ」

繁ばあちゃんは厳《おごそ》かに首を振った。「あのへボヤブより（ひどい言いようだ）、わてのほうが病気にも怪我にも詳しい。捻挫は癖になるで、甘く見たらあかん。なるべく動かんと、静養に努めんさい」

そうは言ってもなあ。俺は見習いに毛が生えたようなもんだし、だいいち、そんなに休んだら退屈でしょうがない。ただでさえ娯楽の少ない村なのに、山にも行けず家でじっとしてるなんて、つらすぎる。

だけど、威厳に満ちた繁ばあちゃんの眼光に射られたら、おとなしく言うことを聞くほかなかった。さすが繁ばあちゃん。婆《ばば》の手ひとつで、猛獣ヨキを育てただけある。

そうだ、繁ばあちゃんは息子夫婦に先立たれたってことだよなあ。悲しいこともつらいこともいっぱいあったと思うんだけど、ばあちゃんはそういう過去をちっとも感じさせず、今日も饅頭《まんじゅう》みたいに座っている。

「あーあ、失敗した」

俺は大の字になって布団に転がった。「転んで見動きとれなくなるなんて、バカみたいだ」

「なんでや」

繁ばあちゃんは、あいかわらずもぐもぐしながら首をかしげた。「大きな顔して仕事を休めるんや。いいことやないか」

「山に行けないなんて、つまらないよ」

ふぇっふぇっ、と繁ばあちゃんは笑った。

「あんた、ずいぶん変わりさんしたなあ。最初のころは、『高いところこわい』『ヒルに血ぃ吸われた』て、いちいち大騒ぎしとったのに」

「どうしてそういうことはボケずに覚えてるんだよ」

「ふぇっふぇっ。いっぱしの仕事師の顔になった、て言いたいだけや」

それにな、と繁ばあちゃんは再び、俺のほうへ体をかがめてきた。「山へ行かなくても、村にはおもしろいことがようさんあるんやで」

「へえ、どんな?」

また昔話を聞かせてくれるのかと思って、俺は身を起こした。「そういえば、繁ばあちゃんが教えてくれた蛇神《へびがみ》さまの話、ちゃんと記録につけたんだよ」

「夜に机に向かっとるなと思ってたんやが、勇気は日記をつけとったんか」

「日記というか……、覚え書きみたいなもんなんだけどさ」

俺はもったいをつけて言い、繁ばあちゃんの反応をうかがう。繁ばあちゃんは、ふんふんと興味深そうにうなずいている。

これまで、この記録についてはだれにも言わずにきたけれど、繁ばあちゃんには見せてもいいかもしれない。実体のある読者が一人でもいたほうが、書くのにも張りあいがあるだろうしね。

秘密だよと念押しし、俺は机に載ったパソコンの電源を入れた。ぶぁわーん、と起動音がし、パソコンが作動しだす。旧式だから、立ちあがるまでに時間がかかるんだよなあ。繁ばあちゃんはパソコンをテレビと勘違いしたのか、正座して画面を凝視した。「いつまで真っ暗なままなんや」「リモコンも音量つまみもないねぃな」と、怪訝そうなのがおかしい。

やっと立ちあがったパソコンを操作し、記録用の文書ファイルを開く。蛇神さまの話や、直紀さんとのドライブ。神去村でのあれこれを記したファイルだ。

「パソコンちゅうのは、たいしたもんやなあ」

繁ばあちゃんは感心したように言った。「あれあれ、文章がずいぶんようさん収まってはるな（文章にだかパソコンにだかわからないが、敬語を使う繁ばあちゃんだ）。これ全部、あんたが書いたんか」

「うん」

「へぇ。勇気もかなり、たいしたもんや。わては手紙だって一通たりとも書きたくないで」

繁ばあちゃんに褒められ、ちょっと誇らしい気持ちになった。

「ネタを集めるのが、なかなか大変なんだ。おもしろいことがあるなら、こっそり俺に教えてよ」

「ほんなら、ちょいと来てみぃ」

繁ばあちゃんは、膝に手をついてゆっくり立ちあがると、壁づたいに縁側《えんがわ》のほうへ歩いていく。ふだんだったら、俺がばあちゃんの横につくところだけど、なにしろ自分の体重すら支えられない足首だ。安静にしてろって言ったのに、移動するのかよ。そう思いつつ、俺もけんけんで縁側へ向かう。体が上下するたび、宙に浮かした右足首から脳天へ鈍い衝撃が走った。

ばあちゃんは縁側にかかったカーテンをそっとめくり、表を指さした。

山根のおっちゃんが、道をうろうろしているところだった。視線は地面に落としたままで、俺たちが覗き見していることには気づいていない。

「なにしてんのかな」

「探しものやて」

「なにを？」

そう尋ねても、繁ばあちゃんはふぇっふぇっと笑うばかりだ。

「昨日の夕方あたりから、山根はんはずっとあんな調子や」

「それが、おもしろいこと？」

「明日でも、天気がよければ縁側に座って、山根はんが来るのを待ってみ」

繁ばあちゃんはひそめた声で言った。「通りかかったら、『失《う》せものでっか。あげの準備はしなさんしたか』って、声をかけるんや」

意味がわかる言葉がひとつもない。はてなマークを飛ばす俺を見て、繁ばあちゃんはキツネみたいに目を三日月にした。

ちょうどみきさんが買い物から帰ってきたので、話はそれまでになっちゃったんだけど、みんなは「おもしろいこと」ってなんだと思う？

この件に関しては、また今度報告するね！　繁ばあちゃんに言われたとおり、俺が山根のおっちゃんに声をかけたせいで、ちょっとした騒動があったんだよ。繁ばあちゃんのざあらし（いたずら）心は、本当に困ったものだ。

まあとにかく、ヨキも山仕事から帰ってきて、俺たちは卓袱《ちゃぶ》台《だい》を囲んで夕飯を食べた。ヨキは三杯飯をかきこみながら、

「おまえの足首、タコなみにやわいのう」

と俺をからかった。ほんと、腹が立つやつだよなあ。

でも、夜の山でヨキの話を聞くことができて、よかったと思う。

ヨキは神去村で、みきさんや繁ばあちゃんや俺と一緒に飯を食い、笑って仕事して寝る毎日を送っている。ヨキのお父さんとお母さんは、仏壇に飾られた写真のなかで微笑《ほほえ》んでいる。これ以上、必要なものはなにもないような気がする。

ヨキは子どものころ、俺には想像もつかないほどの悲しくつらい体験をした。でも、めげなかった。そしてとうとうヨキは、大切なもの、望んだものをすべて取り戻し、手に入れたんだ。斧をふるい、山で生きる、日々の暮らしをつづけるなかで。

俺とヨキのプチ遭難は、こうして幕を下ろしたのだった。

第五夜

神去村の失せもの探し

みなの衆、お元気でござそうろうか。って、日本語変かな。よくわかんないな。時代劇風に書いてみたかったんだけど、たった一文で挫折《ざせつ》だ。

だれにも秘密で書いてきたこの記録だが、先日、繁《しげ》ばあちゃんには打ち明けてしまった。「村の伝説や出来事を、書くときのネタとして教えてもらいたいな」という思いつきからだったんだけど、失敗だったかもしれない。

繁ばあちゃんは家で俺と二人きりになるたび、「ご執筆のほうはいかがや、勇気《ゆうき》」と、こっそり聞いてくるようになったんだ。俺だって山仕事もあるし、直紀《なおき》さんをデートに誘う隙《すき》を見つけださなきゃならないしで、毎日書いてるわけじゃない。

「いやあ、そんなに進んでないんだ」

と答える。でも、繁ばあちゃんは許してくれない。

「わては、『大岡越前』や『遠山の金さん』みたいな話が読みたいで」

と、ぐいぐい迫ってくる。プレッシャーが、まじハンパない。

「繁ばあちゃん、よく再放送の時代劇を見てるよね。おもしろい？」

話題をそらしたい一心でそう聞いたら、繁ばあちゃんは「うん」とうなずいた。

「『水戸黄門』もええけど、ご老公さまは漫遊が過ぎるねぃな。あんなに悪人がようさんおるなんて、人心が乱れとる証拠や。旅はやめて、政治に専念しはるべきやないやろか」

天下の副将軍にダメ出し……。

繁ばあちゃんは、わりと物申すひとなんだ。寝てるのか起きてるのかわからない感じで、口をもぐもぐさせながら座ってることが多いんだけど、テレビのニュースを見るときだけはちがう。贈収賄《ぞうしゅうわい》事件で政治家の秘書が逮捕されたと聞けば、「あかん」。学校の先生が未成年に猥褻《わいせつ》行為をしたと聞けば、「あほかいな」。世も末とばかりに、いちいち首を振ってみせる。そして決まって、

「ヨキ、あんたもよっく身を慎《つつし》まねばあかんねぃな」

と釘《くぎ》を刺す。

贈収賄事件だったら、

「『くれる』ちゅうもんは、もらっときたいで」

と、ヨキが答えて終わるからいい。問題は猥褻行為のときで、よせばいいのにヨキは、

「俺は乳くさいのは好かん」

と大真面目《おおまじめ》に言う。すると、タクアンをかじっていたみきさんが眼差《まなざ》しも鋭く、

「そんなら、熟女がお好みちゅうことか。うちはまだ、熟女まで行っとらんで。いったいどこに、お好みの女がおるんや。正直に言い」

と応じる。あとはいつものパターンだ。ああああ……。ご老公さま一行がやってきて、飯田家《いいだけ》に平和を取り戻してくれるといいのになあ。

とにかく、この記録の読者は、実質的には繁ばあちゃん一人なので、俺もリクエストに応《こた》えたいところだ。それで時代劇口調に挑戦してみたんだけど、むずかしい。だいたい、『大岡越前』や『遠山の金さん』ってなあ。神去村《かむさり》には、お白州《しらす》は必要ないだろ。空き巣も来ないような山奥なんだから。もちろん殺人事件なんて、たぶん一度も起きたことがないはずだ。

そんなのどかな神去村ではあるが、いざこざとまったく無縁でいられるひとがいないのも、当然のことだ。古くは、田んぼに引く水をめぐる争いとか、「隣の若い衆が俺の女房を寝取った」だとか（ヨキみたいに下半身の制御が利かないやつって、いつの時代にもいたんだなあ）、いろんな揉《も》めごとが生じたらしい。

そういうとき村人が頼ったのは、大岡越前でも遠山の金さんでもない。お稲荷《いなり》さんだ。巌《いわお》さんちの裏手の山に、お稲荷さんの小さな社《やしろ》がある。繁ばあちゃんによると、このお稲荷さんは不正直者をたいそうきらうそうだ。

紛争当事者の言いぶんが食いちがい、どちらが正しいのか、まわりの村人では判断できないとき、「おあげ（油揚げ）」を持ってお稲荷さんへお参りする。争っている両者が、社のまえでそれぞれの言いぶんを述べ、村人が見守る。すると、だいたい一週間のうちに、当事者のどちらかが怪我《けが》をしたり高熱を発したりするんだそうだ。つまり、そのひとは自分の都合のいいように嘘《うそ》をついていた、ってことだ。お稲荷さんが嘘を見抜き、天罰《てんばつ》を下したんだね。

いや、みんなの言いたいことはわかる。「出た、神去村のファンタジー！」だろ？　繁ばあちゃんからお稲荷さんの話を聞いたときは、俺もそう思ったよ。

いまの神去村の住人は、さすがに現代人だから、水争いや浮気騒動を決着させたいと思ったら、お稲荷さんじゃなく裁判所へ行く。現在では不公平にならないように、ポンプや小さな水門を使って、神去川の水を田んぼにまんべんなく引いているし、平均年齢が六十歳って感じの村なので、浮気騒動自体をあまり聞いたことないんだけど（ヨキだけはお盛んな傾向にあるが、それでも最近はわりと落ち着いている）。

でも、お稲荷さんはいまも住人から大切にされているそうだ。三月には餅撒《もちま》きがあるんだって。俺は山へ行ってて、餅撒きのことを知らなかったんだけど、村の女のひとたちは毎年、餅を拾いにいくらしい。そういえば、正月でもないのに、みきさんが雑煮やらきなこ餅やらを作ってくれる時期があったなあ。

住人の餅撒きにかける情熱はすごいものがあって、「餅撒き電話連絡網」があるぐらいなんだって。家を新築するときは、棟上《むねあ》げ式のときに必ず、施主が餅撒きをする。近所のひとが、「何月何日何時から、○○さんとこで餅撒きがあるで」と、連絡網で情報をまわす。すると、村じゅうのひと（特に女性）が、わらわらと集まってくるんだ。みきさんなんか、たすき掛けにできる布製の「餅拾いバッグ」を持っている。

「両手で餅を拾って、どんどんバッグに放りこむんや」

とのことだ。どんだけ餅好きなの？

清一《せいいち》さんは、結婚を機に屋敷を改築したらしい。改築のときは、ふつうは餅撒きはしないそうなんだけど、そこはおやかたさん。村のひとたちのために、盛大な餅撒きを行った。それはいまでも語りぐさになっているほどで、一俵ぶんのもち米を使ったんだって。一俵っていったら、六十キロだよ。ほんとにみんな、どんだけ餅好きなの？

いやいや、餅はどうでもいいんだ。お稲荷さんの話だった。

いまでは「お裁き」の案件は持ちこまれなくなったけど、このお稲荷さんは、「失《う》せもの探し」にも力があると言われている。なくしたものや、どこにしまったかわからなくなったものがあったら、住人はいまも、お稲荷さんへ行く。すると、これまた一週間のうちに、探していたものがひょいと出てくるんだって。

「ファンタジー……」と思うんだけど、かなり霊験《れいげん》あらたからしく、村の外からもわざわざ車でお参りに来るひとがいるというから、驚きだ。神主さんもいなければ社務所もない、山肌にへばりついたような、ちっちゃなお社《やしろ》なのになあ。

それじゃあ今回は、失せもの探しの話をしよう。前回の最後に、山根《やまね》のおっちゃんが道をうろうろしてたことを書いただろ？　俺はそのときはまだ、神去村のお稲荷さんについて全然知らなかったんだけど、繁ばあちゃんに言われたとおり、山根のおっちゃんに声をかけてみたんだ。

その日、俺は朝から縁側《えんがわ》に座り、山根のおっちゃんが通りかかるのを待っていた。

プチ遭難《そうなん》で捻挫《ねんざ》した右足首は、帰還して一夜明けたら、腫《は》れが引きはじめた。繁ばあちゃんが煎《せん》じてくれたビワの葉が効いたのかな。熱も下がったんだけど、まだふだんどおりには歩けない。山仕事を休まなくちゃならなくて、俺は退屈していた。

ヨキとノコは山へ行ってしまったし、繁ばあちゃんは久居《ひさい》までデイケアサービスを受けにいった。お風呂に入れてもらえるし、茶飲み友だちもいるしで、繁ばあちゃんは週に二度、デイケアセンターへ行くのを楽しみにしている。ふだんは送迎サービスを利用するんだけど、その日はみきさんが赤い軽自動車を出した。繁ばあちゃんを久居まで送るついでに、買い物をしたり銀行に寄ったりしてくるという。

俺はすることもなく、縁側で寝そべっていた。掃《は》きだし窓のガラス越しに、冬のやわらかな光が差しこんでくる。ストーブをつけなくても、南向きの縁側はちょっとした温室なみにあたたかい。庭と、山々の稜線《りょうせん》を眺めながら、午前中はうたた寝をした。家のまえの道を見張ってるつもりだったんだけど、さすがにプチ遭難の疲れが少し残っていたみたいだ。

みきさんが作り置いてくれた豚汁《とんじる》と目玉焼きをあたため、一人で昼飯を食べた。俺はいつも、だれかと一緒に飯を食ってきたんだなと思い当たった。神去村に来てからは、朝と夜はヨキの家族全員と卓袱台《ちゃぶだい》を囲むし、昼は山で、班のみんなと休憩する。横浜で学校に通ってたときも、友だちと弁当や学食を食べたし、家にはだいたい母ちゃんがいた。俺を脅して無理やり就職させるような、とんでもない親だと思ってたけど、いま考えれば、そうでもなかったのかなあ。

一人で食うと、飯って五分ぐらいですんじゃうものなんだね。テレビをつけても、茶の間の静けさがかえって気になっちゃって、なんだか居心地が悪かった。俺ときたら、とんだ甘ったれに育ってしまったものでござそうろう。

さっさと縁側に戻り、今度は寝ないで道を眺めた。たまに近所のひとが通りかかり、縁側に陣取る俺に気づいて、会釈を寄越す。俺も会釈する。「若いもんが働きもせず、ゴロゴロしとる」と思われる心配はない。狭い村のことだ。俺がプチ遭難して足を捻挫したことは、どうせ知れわたっているのである。コキがきっと、おおげさな演技つきで言いふらしまくってるにちがいない。くそー。

そうだ、今日は平日なんだから、山根のおっちゃんも昼間は山へ仕事しにいってるんじゃないか？　やっとそれに気づき、道を見張るのをやめようかと思ったとき、当の本人が現れた。

前日と変わらず、うつむきかげんに道を歩いている。

山仕事はさぼったんだろうか。目的地がありそうな感じでもなく、山根のおっちゃんは道ばたの用水路を覗《のぞ》きこんだりする。挙動不審もいいところだ。

俺は縁側の窓を開け、サンダルに足をつっこんだ。

「山根さん」

と声をかけ、立ちあがろうとする。いてて、やっぱり杖《つえ》でもないとダメだ。

山根のおっちゃんは顔を上げ、あたりを見まわした。俺が、「ここです、ここです」と縁側に腰かけたまま手を振ると、おっちゃんは庭を横切り、小走りで近づいてきた。

「おまえ、足を怪我したんやろ。立ったらあかんねぃな」

無愛想だけど、悪いひとじゃないんだよな。山根のおっちゃんは、俺の隣に腰を下ろした。

「山根さんも、今日は仕事を休んだんですか」

そう問いかけても、返ってくるのはため息ばかりだ。うつむいて、自身の膝《ひざ》あたりを黙って眺めている。悪いひとじゃないけど、無愛想すぎるんだよな。

俺は繁ばあちゃんのアドバイスを思い出し、質問を変えてみた。

「失せものですか。あげの準備はしましたか」

俺にとっては意味のわからない言葉だったんだけど、山根のおっちゃんへの効果はばつぐんだった。俺につかみかからんばかりの勢いで、

「やっぱり、あとはお参りするしかないと思うか」

と言ったんだ。

「えーと。お参りって、どこへですか？」

「なんや、知ってて言うたんとちゃうんかいな」

「すみません。探しものをしてるってことは、繁ばあちゃんから聞いたんですけど……。なにをなくしたんですか」

「オコゼや」

山根のおっちゃんは、声をひそめて言った。

「え？　あの干物？」

「干物て、なんや。山仕事をするもんにとって、貴《とうと》い守り神さんやぞ」

山根のおっちゃんを憤慨させてしまった。俺が再び「すみません」と謝ると、山根のおっちゃんは「あーあ」と天を仰ぐ。

「ほんまに俺、呪《のろ》われとるんとちゃうかいな。オコゼをなくしてしまうなんて、ツキに見放されとるとしか思えん」

山仕事は危険を伴うことも多いから、なかには縁起をかつぐひともいる。中村《なかむら》清一班だと、巌さんがその筆頭だ。ケヤキのご神木《しんぼく》の件もあったから、信心深くなったのかもしれない。毎朝、神去山へ向かって手を合わせてから出勤するそうだし、「なんやしらん（なんとなく）気分が乗らん」と言って、仕事を休む日が三カ月に一回ぐらいある。清一さんは、べつに咎《とが》めない。「そういう勘は大事にしたほうがいい」と言う。悪い予感がするのに、無理に山に入って、怪我をしてしまうことってあるんだそうだ。

清一さんや三郎《さぶろう》じいさんも、山で大木のそばを通るときは、必ず水やお茶を捧《ささ》げる。ヨキは縁起かつぎから一番遠い感じがするけど、それでも、木を伐倒《ばっとう》するときは幹を斧《おの》の柄《え》で軽く三回叩《たた》く。山の神さまへの挨拶《あいさつ》なんだって。

山根のおっちゃんは、昨年の大祭では災難に遭《あ》った。そこで今年は、オコゼの干物を懐《ふところ》に忍ばせて臨んだんだけど、なんとそのオコゼが行方不明になっちゃったのだ。呪われている、と嘆《なげ》くのもうなずける話だ。

「いつから、なくなったんですか」

「おまえとヨキが山から下りられなくなった日や。だから、もしだれかに盗まれたんやとしても、おまえらは容疑者やないちゅうことやな」

物騒な話は、やめてほしいなあ。あんな気味の悪い干物、チャンスがあったとしても盗みたくなんかないよ。

山根のおっちゃんによると、事件（？）があった日は、村の寄り合いに参加したそうだ。オオヤマヅミさんのお祭りの事後処理について、集会所で相談をした。下《しも》地区、中《なか》地区、神去地区の代表者、全部で十人ほどだったとのことだ。寄り合いは昼過ぎに開かれ、お茶を飲み、お菓子をつまみながら話をして、三時ごろに解散した。

山根のおっちゃんは、神去地区の寄り合い当番の一人だった。祭りは毎年やっているから、いまさら相談しなきゃならないこともそんなにない。かかった経費を報告したり、記録をどの地区がつけるか籤《くじ》を引いたりと、話しあいはスムーズに進んだ。寄り合いで決まったことは、最終的には、おやかたさんである清一さんに報告される。

山根のおっちゃんは寄り合いで、オコゼの干物の自慢をした。オコゼがいてくれたおかげで、今年の祭りを無事に乗り切れた。オコゼさまさまだ、と。ジャンパーのポケットに入れて持ち歩いていたオコゼを、集会所にいた面々に見せもしたそうだ。

全員が順繰りにオコゼを手に取って眺め、「こりゃ立派なもんやなあ」とか、「大事にするねぃな」などと、褒めてくれた。山根のおっちゃんはすっかりいい気分になり、お茶を飲み過ぎて二度ほどトイレに立った。

やがて話しあいが終わり、慌ただしく集会所を出た。

「そのとき、ポケットにオコゼがあったかどうか、どうも記憶がたしかやないんや」

と、山根のおっちゃんは言った。五時までに材木市場に電話をしなければいけない用件があって、そっちに気を取られていたんだって。

集会所から家までは徒歩五分もかからない。山根のおっちゃんは車を使わずに帰宅し、市場への電話をすませた。そこではじめて、オコゼがないことに気づいたんだそうだ。

「急いで集会所へ戻ったんやが、オコゼは見当たらん。だれかが持って帰ってしもたんかとも思うたが、そんな不届きなやつは村にはおらん。じゃあ、帰り道に落としたんやろかと、今日までずっと探しとるんや」

俺は念のため、ぶるぶると首を振っておいた。村の外から来た身だけど、疑われちゃあ困る。

さっき山根のおっちゃんも言ったとおり、オコゼが行方不明になったころ、中村清一班は南の山で栗《くり》の巨木の搬出を終え、それぞれの作業にあたっていた。

「道に落ちてたのを、猫かなにかがくわえていっちゃったんじゃないですか。ほら、鰹節《かつおぶし》にちょっと似てるし……」

「似とらん！」

と、山根のおっちゃんにまた怒られた。「守り神や、ちゅうとるのに、鰹節て。罰当《ばちあ》たりなやっちゃ」

猫もまたぐオコゼ（なんて言ったら、またまた怒られるから、黙っておいたけどね）。でもそうなると、やっぱりだれかが持っていっちゃったんじゃないかなあ。

一番あやしいのは、寄り合いに参加していたひとたちだろう。オコゼを持ち帰る機会もあったし、山根のおっちゃんに自慢されて、オコゼが単なる干物じゃないことも知っていた。

俺がおずおずと右の見解を述べると、

「アホ言うたらあかんねぃな」

と山根のおっちゃんにたしなめられた。「寄り合いの面々は、みな気心の知れたやつばかりや。ひとのものを盗《と》ったりはせん。それを言うなら、おまえだってあやしいで」

「な、なんでですか」

「祭りのときにオコゼを知って、欲しくなったのかもしれんやろ。そしたら都合よく道に落ちとったんで、『しめしめ』と拾って自分のものにした……」

「ちょっと待ってくださいよ」

俺はほとんど悲鳴みたいに言った。「俺は捻挫して、うまく歩けないんです。昨日の朝、山から帰ってきて以降、一歩も家を出ていませんよ」

「わかっとる。冗談や」

と、山根のおっちゃんは真顔でうなずく。本当にわかってるのかなあ。

ふいに、新たなる恐ろしい疑念が胸にきざした。

「それでいくと、繁ばあちゃんは……」

「なんや、あんたとこのばあさんが、どうかしたかいな」

山根のおっちゃんにうながされ、俺はためらいながらも自説を述べた。

「山根さんがなにを探してるのか、繁ばあちゃんは知ってるみたいでした。オコゼが大事なものだってことも、繁ばあちゃんならわかってるだろうし。もしかして、道に落ちてたオコゼを拾ったのは、繁ばあちゃんじゃ？」

「ばあさんは年で、満足に歩けへんやろ。一人で家の外になぞ出るか？」

うーん。でも繁ばあちゃん、ときどきものすごく素早く動くしなあ。案外、動けないふりをしてるだけじゃないだろうか。

俺が口ごもっていたら、山根のおっちゃんはめずらしく笑った。

「ばあさんには、俺が言うたんや。『オコゼをなくしたで、見かけたら教えてくんさいな』てな。だから、俺がなにを探しているか、ばあさんが知ってはったのは当然のこっちゃ」

なーんだ、そうだったのか。身内の犯行ではないようで、俺は安心した。山根のおっちゃんは、さらに種明かしした。

「オコゼの意味も、村のもんやったら、ほぼ全員が知っとる。道に落ちとるのを見つけたら、『こりゃ大変や』と持ち主を探すはずや」

なんてことだ、と俺は思ったね。山根のおっちゃんは、あくまで性善説に基づいて考えているようだが、逆に言えば、村人ほぼ全員が容疑者ってことじゃないか。オコゼが大事なものだと知っていればこそ、集会所や道で見つけて、魔が差してパクってしまうひとがいてもおかしくない。

中村清一班のメンバーは、寄り合いが行われた時間帯にはアリバイがある。でも、オコゼが道に落ちていたとしたら、どうだろう。プチ遭難から生還したヨキが、たまたま道でオコゼを見つけ、「おう、ラッキーやな」と拾っちゃったかもしれないじゃないか。あいつなら、やりかねない。

際限なく増えた容疑者の数に、俺は頭を抱えた。山根のおっちゃんは、俺の隣でなにやら思案している。いちおうお客さんなんだし、お茶ぐらい出したほうがいいのかな。でも、ここで土間の台所まで歩いていって、「動けるなら、やっぱりおまえか」とあやしまれてもいやだし……。

迷う俺をよそに、山根のおっちゃんは決然と立ちあがった。

「こうなったら、お稲荷さんに行くほかない」

「おいなりさん？」

「そうや」

座ったまま呆然《ぼうぜん》と見上げるしかない俺に向き直り、山根のおっちゃんは力強くうなずいた。

「勇気、ついてきてくれ」

足が痛いって言ってんのに、山根のおっちゃんは俺を強引に連れだしした。「立ったらあかん」って心配してくれたのは、なんだったんだよ。俺は繁ばあちゃんの杖を無断拝借し、なんとか庭を横切って、家のまえの道まで出た。おっちゃんはその隙に、自分の軽トラックを取りにいった（ちなみに、オコゼが気になって山へ入る気分じゃないので、仕事は休んだのだそうだ）。

俺が助手席に座ると、山根のおっちゃんは軽トラを発進させた。まずは、橋のたもとにある百貨店（みきさんの実家。神去地区で唯一の商店）に寄り、油揚げを一パック買う。俺は「？」と思いながら、助手席で待っていた。

俺の膝に油揚げを載せ、山根のおっちゃんはなおも軽トラを走らせた。神去川沿いを、上流へ向かう。ただでさえ少ない人家がいよいよ途切れたあたりで、軽トラは小さな橋を渡った。巌さんの家のまえを過ぎ、未舗装の道をぐんぐん進む。

常緑樹の茂った丸っこい小山の麓《ふもと》に、山根のおっちゃんは軽トラを停めた。俺は杖にすがるようにして、苦労して助手席から降りる。おっちゃんは俺の膝から取った油揚げを手に、細くなだらかな山道を歩きはじめた。さっぱりわけがわからなかったけれど、必死にあとを追う。

頭上を木の枝に覆われ、山のなかは薄暗く寒かった。吐く息が白い。まだ日は落ちていないのに、鳥のさえずりも聞こえない。とても静かだ。道の右手には、神去川へ流れこむ小さな沢があり、その水音だけが絶え間なく耳に届く。地面は湿っている。

ちょっとこわいぐらいだ。まえを行く山根のおっちゃんの、がっしりした背中が頼もしく見える。こんな得体の知れない場所へ俺を連れてきたのも、山根のおっちゃんなんだけれど。

捻挫した右足が痛むため、俺の歩みはゆっくりしたものだったが、それでも五分も経《た》たないうちに、道のさきに木製の小さな鳥居が見えた。赤いペンキが塗られていたんだと思うけど、いまはすべて剝《は》げ、朽《く》ちかけて傾いている。鳥居の奥には、両開きの格子戸《こうしど》がついた古ぼけた社《やしろ》があった。社を守るように、狛犬《こまいぬ》ならぬキツネの石像がふたつ置かれている。片方は球を、もう片方は巻物をくわえていた。山と同じく丸っこい形状のキツネで、なんだかユーモラスだ。

こんなところにお稲荷さんがあったなんて、ちっとも知らなかった。俺があたりを見まわしているうちに、山根のおっちゃんは格子のまえに設置された賽銭箱《さいせんばこ》に小銭を投じたようだ（この賽銭箱がまた、貯金箱みたいに小さいうえに、すごくボロい）。ついで、油揚げをパックから出し、賽銭箱の隣に置いてあった白い皿に載せた。最後に山根のおっちゃんは、社に吊《つる》された鈴を盛大に鳴らした。鈴から垂れた綱《つな》も色あせて腐りかけているので、ちぎれて落下するんじゃないかと俺ははらはらした。

山根のおっちゃんは柏手《かしわで》を打ち、頭を下げて、お願いごとを申し述べた。

「お稲荷さん、お稲荷さん。俺のオコゼがのうなってしまいました。どうか取り戻してください。よろしゅうお頼み申しあげます」

お参りにきて、願いごとを声に出すひとって、はじめて見た。俺がびっくりして突っ立っていると、山根のおっちゃんが振り向き、

「聞いたか、勇気」

と、すごむように言う。

「はい」

「おまえからもお願いせえ」

なんで俺が、と思いつつ、山根のおっちゃんの迫力に押され、謎《なぞ》の社のまえで手を合わせる。

「黙ってちゃ、お稲荷さんに聞こえんやろ」

ええい、ヤケだ。

「お稲荷さん、お稲荷さん。山根さんの願いをかなえてください。よろしく！」

山根のおっちゃんは満足そうに、「うむうむ」とうなずいた。なんでいい年した大人が、ファンタジー的行為に俺を巻きこむの？　ほんと、神去村の住人って、たまに意味がわからない。

山根のおっちゃんは意気揚々と、俺は杖をついてよろよろと、お稲荷さんの社をあとにした。なだらかな山道を下り、おっちゃんの軽トラのそばまで戻る。

すると、山仕事から戻ってきたらしい巌さんが、ちょうど自宅の裏手に出てきたところだった。

「勇気やないか」

巌さんは笑顔で手を振った。「こげなとこで（こんなところで）、なにしとるんや。足はもうええのか。大変やったんやて？」

ええ、プチ遭難も大変でしたが、いまも山根のおっちゃんに振りまわされて、進行形で大変です。たいへんにんぐです。

巌さんは、軽トラの陰にいた山根のおっちゃんに気づき、表情を改めた。

「山根はんと一緒か。もしかして、お稲荷さんにお参りにいったんか」

「そうな」

と、山根のおっちゃんが答えた。

「失せものはなんや」

「俺のオコゼや」

「なんと、オコゼか。そりゃ大変や」

巌さんは近づいてきて、俺の肩を軽く叩いた。「勇気、証人の大役をよう果たした」

「え、証人？」

俺、ただ突っ立ってただけなんだけど。首をかしげる俺に、巌さんと山根のおっちゃんが口々に説明してくれた。

「お稲荷さんにお参りにいくときは、必ず証人役が必要なんや」

「お参りをしたもんが、なにを探しているか、どんな願いごとをしたか、見届ける役割や」

そのときは、お稲荷さんのことも詳しく知らなかったから、「へえ、そうなんだ」ぐらいにしか思わなかった。あとになって繁ばあちゃんに、お稲荷さんの伝説やしきたりをいろいろ教えてもらったんだけどね。そのうえで考えると、嘘をきらうお稲荷さんだから、一人でお参りをして、自分の都合のいいように願いごとを言わないよう、牽制《けんせい》する係が必要だってことだろう。

「山根はんは、決まりに則《のっと》ってお参りした。お稲荷さんはきっと、オコゼを見つけてくださる」

巌さんは、確信に満ちた口調で断言した。信心深さ（というか、迷信深さかもしれない）では定評のある巌さんだが、それにしたってなあ。キツネはお供《そな》え物の油揚げで満腹して、オコゼの干物なんか放っておくんじゃないだろうか。

そう思ったけど、山根のおっちゃんは「やったでー」感にあふれた表情なので、俺もテキトーにうなずいておいた。

巌さんと別れ、山根のおっちゃんに家まで送ってもらう。ヨキもノコも繁ばあちゃんもすでに帰宅していて、みきさんが夕飯の仕度をしていた。驚いたことに、俺が山根のおっちゃんとお稲荷さんに行ったことを、コキたちはすでに知っていた。巌さんが電話したんだろうけど、テレパシーなみの情報伝達速度だ。

「留守番もせんと、ふらふらして。足の治りが遅くなったら、どないするんや」

と、みきさんは怖い顔をした。留守番なんて、いらないだろ。いつも鍵《かぎ》を開けっぱなしで出かけてるんだから。そう思ったけど、もちろんおとなしく謝っておいた。

「オコぜぐらい、また干物を作ればええやろが。山根はんはあいかわらず、肝《きも》がちっちゃいのう」

と、ヨキは笑った。やっぱり、あれってただの干物だよなあ。でも、ヨキと似た感性の持ち主だと思われるの、いやだな。

繁ばあちゃんに、お稲荷さんのことをあれこれ教えてもらいながら、夕飯を食べた。昼とちがって、なにを食ってもおいしく感じられた。みんなで卓袱台を囲んでいるからか、足首の痛みが取れてきたからか、どっちなのかわからない。

ヨキが沸かしてくれた五右衛門風呂《ごえもんぶろ》に入り、湿布を貼《は》りかえて寝た。明日は仕事に復帰できそうだと思うと、遠足の前夜みたいにわくわくした。

翌日には村じゅうのひとが、山根のおっちゃんと俺がお稲荷さんに行ったことを知っていた。ほかに話題ないのかな、この村……。

そして、びっくりしないでくれよ、みんなたち。なんと、オコゼが見つかったんだ！

お参りをした翌々日の朝、目が覚めてカーテンを開けた山根のおっちゃんは、自宅の濡《ぬ》れ縁《えん》にオコゼの干物が置かれているのを発見した。オコゼは朝露に濡れ、寒さで締まったのか、よりいっそうカチンコチンになっていた。でも、たしかに山根のおっちゃんのオコゼだった。夜のうちにお稲荷さんが届けてくれたにちがいないと、山根のおっちゃんは感激している。油揚げを二パック持って、お礼参りにいったそうだ。

その報《しら》せを受け、俺は興奮してしまった。すげえよ、お稲荷さん！　どっかに落ちてたオコゼをキツネが見つけて、くわえてきてくれたのかなあ。そんな日本昔話的な想像までしちゃったよ。全然信じてなかったけど、お稲荷さんの力は本物だ。

土曜日だったので、俺はヨキの軽トラックを借り、直紀さんの家へ行ってみた。足もようやくよくなったし、ひさしぶりにドライブに誘おうと思ったんだ。直紀さんに話したいことが、いろいろ溜《た》まっていたしね。

玄関の引き戸を開け、

「ごめんください、平野《ひらの》勇気です」

と、奥へ声をかける。待つことしばし、直紀さんが土間へ下りてきたが、なんだか暗い顔をしている。

「どうしたんですか、具合でも悪い？」

「ううん、そんなことないねぃな。ちょっと散らかっとるけど、まあ入り」

茶の間へ上がって、驚いた。ちょっとどころじゃない散らかりかただったからだ。新聞紙やら書類やらが畳のあちこちでなだれを起こしている。板戸の隙間から隣室を覗くと、箪笥《たんす》の引き出しはすべて開けられ、洋服がはみだしていたし、机のうえにはアクセサリーや文房具が散乱していた。

まえに来たときは、きちんとした室内だったのに、いったいどうしたんだろう。

「泥棒にでも入られたんですか」

「ちゃう」

直紀さんは力なく答え、新聞紙の下から湯飲みを引っ張りだした。「昨日の夜から探しものをしとるんやけど、見つからんのや。どこ行ってしもたんやろ」

なんという偶然。神去村で、にわかに失せものが急増中みたいだ。直紀さんがティーバッグでいれてくれた紅茶を飲みながら、俺はもちろん、山根のおっちゃんのオコゼの顛末《てんまつ》について語った。お稲荷さんが、失せもの探しにものすごい効力を発揮することを。

オコゼ発見の報も、お稲荷さんの存在も、直紀さんは知らなかったみたいだ。山で働いている俺たちと、小学校の先生をしている直紀さんとでは、同じ村で暮らしていても、微妙に文化やひとづきあいの範囲がちがう。それに、直紀さんは村の外から来たひとだ。俺よりずっと村に馴染《なじ》んではいるけれど、情報や噂話《うわさばなし》は、直紀さんのところまでなかなか伝わってきにくいのかもしれない。ま、村のひとも遠慮したんだと思うけどね。いきなり、「お稲荷さんのご利益《りやく》で、オコゼの干物が見つかったそうや」なんて言っても、直紀さんを面食らわせるだけだろうから。

直紀さんは俺の話を興味深そうに聞いていたが、やがて決意に満ちてうなずいた。

「そのお稲荷さんに、私を連れていって」

「はい、すぐ行きましょう。でも、なにをなくしたんですか?」

「万年筆」

と、直紀さんは照れくさそうに言った。「就職祝いに、清一さんからもらったんや。大事に使っとったんやけど、見当たらん」

なーんだ、清一さん絡《がら》みか。俺はかなりがっかりしたが、表情には出さなかった。お稲荷さんの効力を力説した手前、「そんな万年筆、なくしたままでいいじゃないですか」とは言えない。

それにしても、俺はずっと、直紀さんを好きだと言ってるのになあ。そんな俺に向かって、清一さんの話題を振るか、フツー。「大事に使っとった」とか言っちゃってさ。はいはい、おやかたさんである清一さんとはちがって、俺は薄給の身。直紀さんにプレゼントなんてしたことないですよ。なーんて、卑屈にもなろうってもんだ。

もしかして、直紀さんってけっこう悪女なのかな。わざと清一さんの名前を出して、俺の嫉《しっ》妬《と》を煽《あお》ろうってことだろうか。だとしたら、そんな女、こっちから願いさげだ！

と言いたいところだが、言えないのが惚《ほ》れた弱みだ。俺は直紀さんを助手席に乗せ、黙って軽トラを運転した。直紀さんは、自宅の冷蔵庫にあった油揚げを持ち、車窓を流れる風景を眺めていた。

「神去地区のこんな奥までは、なかなか来よらんなあ」

「そうですか」

「お稲荷さんがあるなんて、全然知らんかったわ」

「そうですね」

俺が愛想悪く答えたせいで、直紀さんも「なんだか変だ」と感じたのだろう。気づかわしげに俺をうかがっていたが、それでも知らんぷりをしていたら、とうとう黙ってしまった。

あわあわあわ、どうしよう。直紀さん、怒っちゃったかな。そう思ったけれど、ここでいつも折れてしまうから、直紀さんは清一さんを忘れられないんだ。俺もたまには、男らしいところを見せねば。

すごーくつらかったが、無口で無愛想な態度を貫きつつ、お稲荷さんのある山のまえに軽トラを停めた。

「どうぞ、こっちです」

俺はさきに立って、細い道を歩く。その日もあいかわらず道は薄暗く、沢のせいでじめじめしていた。

「蛇《へび》でも出そうやな」

そう言った直紀さんの声が心細げだったので、俺はつい、無口を返上してしゃべってしまった。

「マムシって、二番目を歩いてるひとに飛びかかってくるって言いますよね」

どん、と背中に衝撃があり、マムシに飛びかかられたのかと思った。もちろん、飛びかかってきたのは直紀さんだ。俺の作業着を握りしめ、ぐいぐいうしろへ引っ張る。

「順番代わって」

「ぐえ、首が苦し……。ちょっと直紀さん、落ち着いてください。マムシはもう冬眠してる時期ですから」

「ほんまに？」

直紀さんはようやく、力をゆるめてくれた。

「はい。からかってすみません」

「ひとが悪いんやから」

直紀さんは怒り、それでも俺にぴったりくっついたまま、社《やしろ》までの道を進んだ。そうか、直紀さん、蛇が苦手なのか。すぐ近くに直紀さんの体温を感じ、俺はやにさがる。いけない、いけない。ビシッとした態度を取るはずだったのに。俺ときたら、おひとよしもいいところだ。

社に到着し、直紀さんは俺が伝授したとおりの段取りを踏んだ。賽銭を入れ、油揚げをお供えし、鈴を鳴らす（ちなみに、山根のおっちゃんが供えた油揚げは、すでに皿から消えていた。

本当にお稲荷さんが食べたんだろうか……）。

「大切な万年筆をなくしてしまいました。どうか見つかりますように、よろしくお願いします」

直紀さんは声に出してお祈りし、手を合わせたまま長く目をつぶっていた。俺が行方不明になったって、直紀さんはこんなに熱心に祈らないんじゃないか。現に、プチ遭難したことも知ってるのか知らないのか、全然話題にのぼらないし。俺はジェラシーで体がよじれそうだった。

お参りを終え、俺たちは連れだって軽トラックまで戻った。巌さんに見つかったら、きっとからかわれる。俺は警戒態勢を敷いていたのだが、巌さんは奥さんと出かけたのか、家の裏口が開く気配はなかった。

軽トラックの助手席に座った直紀さんは、油揚げの空き袋をきれいに畳み、昔の恋文みたいに結んだ。俺は車を発進させたかったんだけど、直紀さんはフロントガラス越しにお稲荷さんの山を見ている。万年筆のことが、よっぽど気になるんだろう。

「直紀さん、シートベルトを」

「ああ、うん」

直紀さんは我に返ったらしく、シートベルトを装着した。俺はギアを入れ、アクセルを踏む。

「どこか寄っていきますか？　それとも、すぐ帰ります？　もし部屋の片づけをするなら、手伝いますよ」

ああ、無愛想になりきれない俺。ところが直紀さんは、聞いちゃあいなかった。

「ねえ。さっき、なにか怒っとったやろ」

「俺がですか?」

と、笑ってみせる。「べつに怒ってないですよ」

「嘘や。急に不機嫌になられても、わけがわからん。どうして?」

俺の口から理由を言えって、それは残酷だよ、直紀さん。話をそらすために、

「最後に万年筆を見たのは、いつですか?」

と、あえて明るく尋ねた。直紀さんは不満そうだったが、

「一昨日《おととい》や」

と答える。「その日は朝から、歯が痛くてな」

「虫歯ですか」

「うん。子どもたちに歯を磨くよう言っとるのに、私が虫歯じゃ世話ないな」

歯医者に電話をして予約を取った直紀さんは、授業が終わってから久居までバイクを飛ばした。その際、職員室の机のうえにある万年筆を、あわてて鞄《かばん》に入れた。

「それが最後や。ふだんやったら、帰宅したらすぐに、家の机に出すんやけど……。昨日の朝、学校へ行こうと思ってペン皿を見たら、万年筆がないんや。鞄もひっくり返して確認したけど、どこにもない。落としてしもたんかな……」

休み時間を利用し、歯医者に問いあわせの電話をかけ、念のため職員室の机のまわりも探したが、見つからなかった。それで直紀さんは、昨夜から自宅で万年筆を大捜索していたのだそ

うだ。一晩で、あんなに部屋じゅうをひっくり返しまくったのか。おそろしいパワーと情熱の持ち主だ。

俺は直紀さんの説明をもとに、自分だったらどう行動するか、シミュレートしてみた。習慣になってることとって、わりと無意識にこなしてるもんだからなあ。鞄にちゃんと万年筆が入っていたとしたら、いつもどおり、まっさきに取りだすんじゃないだろうか。

「そうだ、歯医者に行ったなら、保険証は？」

と、俺は聞いてみた。

「持っていった」

「保険証をしまってる場所、確認してみましたか？　鞄から出した万年筆を、うっかり保険証と一緒のところにしまっちゃったとか」

「そういう気がしてきたな」

直紀さんの顔が輝いた。「スピード出すねぃな！　早《はよ》う早う！」

直紀さんに急《せ》かされ、それでも制限速度は守りつつ、神去川沿いを軽トラックで走り抜けた。直紀さんは自宅に到着したとたん、助手席から飛びだし、玄関の引き戸をぶち破る勢いで駆けこんでいった。

そろそろ夕方だ。許可もないのに家に上がりこんでは、直紀さんに叱《しか》られるし、近所のひとの目もうるさい。俺は戸口から、おそるおそる土間を覗いた。がちゃーん、どたっ、と騒々しい物音がし、

「あったー！」

という雄叫《おたけ》びとともに、右手に持った万年筆を振りかざして、直紀さんが走ってきた。「あんたの言うたとおり、保険証と一緒に金庫に入れてしまっとった」

直紀さんは勢いあまり、俺の胸に抱きつく恰好《かっこう》になった。俺は直紀さんの両肩にそっと手を置き、わずかに体を離した。あんまり密着してると、近所の目とか俺の体の一部とかが、いろいろやばいからね。

直紀さんが握っている万年筆は、深い緑色をしていた。直紀さんによく似合う。これを清一さんが選んだのかと思うと、またもジェラシーが火山みたいに脳天から噴《ふ》きあがりそうだった。

直紀さんは、うれしそうな表情で俺を見上げた。

「ありがとう。勇気のおかげや」

うわあ、直紀さんに名前で呼んでもらえると、耳から蒸気が出そうな気持ちになるなあ。俺はくらくらしながらも、無口で無愛想な大人の男を精一杯演じた。

「いえ、俺はなにも。お稲荷さんのおかげですよ」

お稲荷さんて言葉、大人の男にはふさわしくない気もするけど、まあいいか。「部屋の片づけ、手伝いましょうか」

「ううん、一人でできるからいい。ほんまにありがとう。またな」

体《てい》よく追い払われてしまった。とぼとぼと軽トラまで戻る。運転席に乗りこもうとしたとき、すぐ背後に直紀さんがついてきていることに気づいた。

「うわっ、なんで気配を消してるんですか」

「なんとなく、声かけにくかったんや」

そう言って笑った直紀さんは、まだ万年筆を持ったままだ。「あんたもしかして、さっき嫉妬しとったんか?」

どうして、そうズバッと聞いてくるのかなあ。かっこよく立ち去りたい男心を、少しはわかってくれてもいいと思うんだけど。

「だとしたら?」

「嫉妬してる最中も親身になってくれるなんて、ええ子やなあ、て」

「子」だとぉ? 年下なめんなよ。俺は余裕の笑みを浮かべ(ちょっと頬《ほお》がひきつっていたかもしれないが)、

「俺は、直紀さんの教え子じゃないですよ」

と言った。ところが直紀さんのほうが断然、攻撃力が高かったんだ。

「あたりまえや。教え子にこんな気持ちを抱いたら、私はとんだ変態教諭や」

三秒ぐらい、俺の頭は空白だった。次に思ったのは、「なになになに、いまなんて言った?」ってことだ。

こんな気持ちって、どんな気持ち?

混乱する俺にはおかまいなしで、直紀さんは話をつづけている。

「これまで、私を好きな男には興味なかったんやけど、たまにはええな」

うーん、まるで理解できない。ドラえもーん、翻訳コンニャクをちょうだい！

「えーっと、自分を好きになってくれる男に、興味ないんですか？」

「うん。たいがいの男は、自分を好きになる女を好きなもんやけど、たいがいの女は、そうやないと思うで。『なんで私に言い寄ってくるんやろ。私なぞをいいと言うなんて、たいしたことない男ってことや』と、こういう理屈や」

「それ、自己評価低すぎるでしょ！」

「かもな。あんたにあんまり真っ正面から『好き好き光線』出されて、私もなんだか、ちょっとほだされてきた」

そんな妙な光線を出した覚えはなかったが、ほだされてくれたならうれしい。

「じゃあ、俺とつきあってくれるんですね」

「アホ、ちょっとほだされただけや」

俺がのばした手から逃れ、直紀さんはあとじさった。「次のデートぐらいは、つきあったってもええけどな」

い・ま・ま・で・と・変・わ・ら・な・い！

しょうがない、気長に行こう。ため息をついた俺の頰に、直紀さんの左手が触れた。なんだろう、と思って顔を上げたのと、直紀さんが少し背伸びして俺にキスしたのとが、同時だった。

乾いて柔らかい唇は、一瞬で離れていった。

「じゃあまた。気ぃつけて帰ってぇな」

直紀さんは身を翻《ひるがえ》し、家へ戻っていった。そのうしろ姿を見送った俺は、思わず拳《こぶし》を握り、「よし!」とつぶやいてしまったのだった。

キスシーンをだれにも目撃されず、かなり上《うわ》の空《そら》だったのに事故ることもなく帰宅できたのは、奇跡というほかない。

神去村には、縁結びの神さまはいないのかな。いるなら、お百度参りするんだけどなあ。


週が明けて、いつもどおり班のメンバーと山へ入った俺は、昼の休憩時間に直紀さんの件を報告した。もちろん、キスしたことじゃないよ。それは秘密にしておかないと、からかわれすぎて死亡、ってことになりかねない。

そうだ、繁ばあちゃんに、この記録を見られないようにしないと。繁ばあちゃんはパソコンをいじれないから、俺が留守のあいだも安心だけど、書いてるところを見つかると、「読ませてくれ」ってうるさいんだ。「記録をつけるのは、もうやめた」と、早いところ言っておいたほうがいいだろう。

それはともかく、俺が報告したのは、お稲荷さんにお参りした直後に、直紀さんの探しものが出てきたことだ。

「やっぱり、すごく霊験あらかたですよ」

俺が興奮して言ったら、

「勇気。あらたかだ」

と、清一さんが小声で教えてくれた。そうだったのか。これまでの記録でも、「あらかた」って書いちゃってたから、訂正しとかないとな、と俺は思った（※訂正した。ちゃんと「あらたか」になってるので、暇《ひま》だったら探して確認してみてくれ）。

「そんなもん、ただの偶然や」

ヨキは素《そ》っ気《け》ない。

「偶然じゃないよ」

俺は反論した。「だって、山根のおっちゃんのオコゼも、お稲荷さんにお参りしたら、すぐ戻ってきたし」

俺を除く班のメンバーは、顔を見合わせ、「ぶふっ」と笑った。なんだよ、感じ悪いな。

「ええ子やな、勇気は」

三郎じいさんが、俺の頭を撫《な》でんばかりの調子で言った。またも子ども扱いされてしまった。

「べつに、フッーですよ。ヨキ、なんでそんなに笑うんだよ！」

ヨキはまだ肩を揺らしていたのだが、「べつに、笑っとらん。フッーの顔しとるがな」とうそぶいた。それっきり視線をそらし、葉っぱを編んで作ったノコ用のお皿に、水筒の水を注いでやっている。

「山根はんのオコゼのことだが」

と、巌さんがしぶしぶといった感じに口を開いた。「家まで届けたのは、お稲荷さんやない。たぶん、オコゼを盗っただれかや」

「ええー！」

びっくりして、杉の葉っぱが落ちてくるほど大声を出してしまった。

「おまえ、サンタクロースを信じとったクチやろ」

ヨキがにやにやしながら、茶々を入れてくる。

「いったいだれが、山根のおっちゃんのオコゼを盗んだんですか？」

「村のもんなのはたしかやろうが、だれかはわからん」

三郎じいさんが穏やかに言った。「でも、それでええんや。オコゼは戻ってきたんやから、いまさら犯人を探して罰する必要もないねぃな」

うわあ、なんなのその、ふんわりした解決法。本当にそんなことでいいのかなあ。

「村では、人間関係が一番大事かつ、むずかしいからな」

と、清一さんは微笑《ほほえ》んだ。「オコゼについては、ことを荒立てないのが賢明だろう」

「やっぱり、お稲荷さんなんていないのか」

すごいと思って信じてただけに、俺はひどくがっかりした。

「いや、それはちがうで、勇気」

巌さんが言う。「一度はオコゼを盗ったもんが、なぜ山根はんのもとに、こっそり返しにいったんだと思う？」

「悪いことしたなあ、と思ったからですか？」

「それもあるやろう。でもな、反省するきっかけになったのは、山根はんと勇気が、お稲荷さんにお参りに行ったと耳にしたからや」

「どういうことですか？」

「村で生まれ育ったもんはな」

と、ヨキが誇らしそうに言った。「お稲荷さんのおそろしさを、わらし（子ども）のころから聞かされとるんや。不正直者や、ひとのものを盗ったもんには、ものすごい天罰が下る、ちゅうてな」

「つまり、お稲荷さんの罰《ばち》が怖くて、犯人は山根のおっちゃんにオコゼを返したってこと？」

「そや」

と、巌さんはうなずいた。「神さんは、信心するもんがおらんようになると、力を失ってしまいはる、と言われとる。お稲荷さんはその点、現役で信心を集めとる神さんや。力も絶大になるちゅうもんや」

からくりの種明かしをされると、「なーんだ」という感じだ。霊験あらたかで、失せもの探しにご利益があると言われているお稲荷さんだけれど、実際は犯人の恐怖心と良心まかせなのか。

でも、たしかに、お稲荷さんの力は絶大だとも言えるかもしれない。

お稲荷さんを信心すると、そのひとの心にお稲荷さんが宿る。嘘をきらい、潔癖さを愛する神さまが。そうしたらそのひとは、もう悪いことはできない。お稲荷さんに監視されているし、罰が当たったらいやだから。たまに魔が差して、ずるいことや不正をしてしまっても、「正しい道に返れ」と、内なるお稲荷さんがすぐに暴れだす。

神さまって、そういうものなのかもしれないね。遠い空の彼方《かなた》にいるんじゃなく、俺たちの心のなかにいて、いつも見ている。言葉や行動、嘘や本当を。

俺は今後も、お稲荷さんにお参りしようと思ってる。なんとなく愛着が湧《わ》いたんだ。キツネの石像もかわいいしさ。新しい鳥居を作るのに使えそうな木を、山で見つくろってみようかな。

というわけで、失せもの探しの話はおしまい。

ああー、直紀さんと俺の恋の行方は、どうなるんだろう。キスはしたけど（何度思い出しても、イイ！）、このさき、どうしたらいいのかな。押しちゃってもかまわないだろうか。もんもん。道を見失いそうだ。

みんなたちよ、俺の恋がうまくいくよう、心して応援してほしい。

次はいい報告ができますようにって、お稲荷さんにお参りしてこようかなあ……。

第六夜

神去村のクリスマス

いやあ、危なかった。みんなになんにも話題を提供できないまま、今年も終わっちゃうところだったよ。

前回話したとおり、俺は直紀《なおき》さんと、キキキキキスをしたわけだ。正確に言うと、「した」というより「された」んだが、とにかく俺たちの唇は接触した。いや、合体した。結合した！

ごめんなさい、嘘《うそ》です。合体や結合レベルの「ブチューッ」ではなかった。ものすごく礼儀正しい、節度を保った「チュッ」でした。とはいえ、なんと輝かしき一瞬だったことであろうか。うおう、うおう。「俺、これだけで妊娠できるかもしれない」と思っちゃいましたね。うおう、うおう。

キスのみで、男の身で、妊娠にまで思いを馳《は》せた俺の爆発する想像力と愛！

すまない、みんなたち。俺のテンションが妙で、読んでて気色《きしょく》悪いだろう。俺も、自分がキショい！　でも抑えようがないのだ、この胸の高ぶりを！　ついでに股間《こかん》も暴れん坊将軍になりそうだが、「上様《うえさま》、お控えなされい」と、じいにいさめられ、平静を装って池の鯉《こい》にお麩《ふ》をやる今日このごろだ。じい、自慰……。いまの状態だと、なにを見聞きしてもシモに直結させたくなる。中学生みたいな俺、平野《ひらの》勇気《ゆうき》。二十歳《はたち》。ちなみにヨキの家の庭に池などない。あくまでたとえだ。

直紀さんとのキキキキキスを思い出すと、心臓がばくばくして、「うおう、うおう」と叫びながら山を駆けまわりたくなる。俺は合体やら結合やらをする準備ができていますよ直紀さん！　と、山で拾ったきれいな鳥の羽をいっぱい髪に挿《さ》して、激烈なリズムで求愛のダンスを踊りたくなる。

しないけどね、そんなこと。だいいち、直紀さんと全然会えなくなっちゃったんだ。十二月も半《なか》ばになり、直紀さんは通信簿をつけたり会議に出たりで、忙しいらしい。俺は山仕事を終えてから、何度か直紀さんの家を訪ねてみたんだけど、いつも留守だった。先生たちはほとんどが残業しているようで、日が暮れてあたりが暗くなってからも、神去《かむさり》小学校の職員室には明かりが灯《とも》っていた。

以前に直紀さんを車に乗っけてた、同僚の男。職員室であいつと一緒にいるんだろうなあと思うと、奥歯が歯茎《はぐき》にめりこんで親不知《おやしらず》になっちゃいそうだったが、俺はなんとかジェラシーの炎を鎮火させた。嫉妬《しっと》深い男はきらわれるからね。でも、男の素性については、ぬかりなくリサーチ済みだ。

神去村では全員が顔見知りだから、だれかにちょっと聞けば、たいがいの情報は入手できる。俺はみきさんに聞いた。そしたら、

「神去小の若い男のせんせ？　ああ、奥田《おくだ》さんやろ。もともとは名古屋のおひとらしいけど、

大学で三重に来はったて聞いとるな。いまは久居《ひさい》で一人暮らししとって、毎日、車で通いさんすそうや」

とのことだった。ヨキ夫婦には子どもがいないし、神去小の直接の関係者でもないのに、この情報力。さすがだ。

あいつは俺を知らないが、俺は奥田という名を知った。一歩リードだ！　俺は奥田からライバル認定すらされていない、とも言えるかもしれないけど……。とにかく、おまえなんかに負けないぜ、奥田！　クリスマスに直紀さんをデートに誘おう、とか思ってんのなら、おまえのその計画を俺が粉砕してやる！

そう、俺はクリスマスを（できれば、イブの夜からクリスマスにかけてを）、直紀さんと過ごしたいなと、ひそかに念じていたんだ。神去小は今年、十二月二十五日が二学期の終業式だということは、山太《さんた》から教えてもらっていた。さすがに、一夜漬けで通信簿をつけはしないだろう。クリスマスイブは、直紀さんも少しは時間に余裕があるんじゃないかなあ。

かといって、クリスマスのデートができるような場所は、神去村にはない。奥田が抜け駆けして、車で名古屋や津《つ》に直紀さんを誘いだしたら一大事だ。俺はなんとか、奥田よりも早く直紀さんとの約束を取りつけたかった。あいにく二十四日は山仕事があるから、ヨキに軽トラックを借りられたとしても、遠出はできない。それでも一緒にいたいので、いっそ直紀さんの家に電話しようかとも思ったんだけど、なんとなくぐずぐずしていた。

キスまでしたのに、クリスマスデートを断られたら、ちょっと立ち直れないからね。直紀さんに、「無理。忙しいんや」と、あっさり言われる可能性は大だ。直紀さんって、わりと情念たっぷりなわりに、自分を好きな男には極度に素《そ》っ気《け》ないところがあるんだもん。つっぱってる感じがして、そこもかわいいんだけど（大人の余裕が出てきた俺だ）。

断られたら、という悪い想像に取り憑《つ》かれ、俺はお誘いを実行に移せずにいた。そのかわり、山ではばりばり働いた。雪が降るまえにと、神去じゅうの山で伐倒《ばっとう》と搬出が盛んに行われていたんだ。

危険が伴うから、木を切るのには神経を使うし、山の斜面である程度乾かすとはいえ、搬出する木は重い。搬出には重機ももちろん使うけど、やっぱり人力が頼りな部分も多い。俺はくたびれて、家に帰っても余計なことは考えられないぐらいだった。夕飯を食べてる途中で寝ちゃったこともあって、

「急に卓袱台《ちゃぶだい》につっぷすから、死んだかと思うたで」

と、ヨキにからかわれた。額が卓袱台に激突しても、俺はまだ寝てたそうで、ヨキが布団まで運んでくれたんだって。

ヨキもみきさんも、俺が直紀さんと軽トラでドライブしてたのは知ってるから、進展が気になるみたいだった。繁《しげ》ばあちゃんはこっそり、

「あんた、キスしたんやてな」

と聞いてきた。

俺はそのとき、自室でほとんど眠りかけてたんだけど、驚いて布団から飛び起きた。

「なんで知ってんの!」

繁ばあちゃんは布団の脇《わき》に正座し(いつのまに部屋に入ってきたんだろう)、にんまりした。

「念力や」

部屋の隅に置いてある旧式のパソコンに向かって、繁ばあちゃんは魔術師みたいに両手をかざしてみせた。「こうすると、中身がするする読めるで」

「嘘つけ。いま、パソコンの電源入ってないよ」

「亀《かめ》の甲より年の功、亀の甲より年の功」

繁ばあちゃんは呪文《じゅもん》みたいにつぶやきながら、よろよろ立ちあがって、隣室に去っていった。

不気味である。

繁ばあちゃんがパソコンを使えるとは考えにくい。カマをかけられたのかなあ。文書ファイルはデスクトップ上に出したままになっている。パソコンの奥のほうに隠したほうがいいかなと迷ったんだけど、結局睡魔に負け、そのままにしておいた。

伐倒や搬出作業の合間に、俺は山で、お稲荷《いなり》さんの鳥居に使えそうなヒノキも見つくろっておいた。斜面に放ったままにしてある、売り物にならない間伐材《かんばつざい》だ。腐ってなくて、ちゃんと乾燥してるものを、巌《いわお》さんの軽トラックの荷台に載せてもらった。

巌さんちの庭で、間伐材を使って鳥居を作る。巌さんに手伝ってもらったので、なんとかそれらしい鳥居が完成した。大人がやっとくぐれるぐらいの小ぶりなものだし、横木のところに釘《くぎ》を使っちゃったけどね。巌さんが納屋《なや》にあったニスを塗ってくれたから、色はついていないがきれいな鳥居になったと思う。

力自慢のヨキも駆りだして、三人でお稲荷さんまで鳥居を運び、古いものとつけかえた。ついでと言ってはなんだが、お参りもした。でも、お稲荷さんは失《う》せもの探しに効力を発揮する神さまだからなあ。直紀さんとのことを、どうお願いしたらいいんだろう。「やつはとんでもないものを盗んでいきました。……俺の心です！」とでも訴えればいいのか？　それで直紀さんに罰《ばち》が当たっちゃったら、大事《おおごと》だよ。

そんなことを考えながら、社《やしろ》のまえで手を合わせた。ヨキは横目で俺を見て、

「願いごとがあるなら、声に出して言えや」

と、にやにやした。巌さんまでが、

「それがこのお稲荷さんでのしきたりやからな」

と、うんうんうなずいている。俺はもうヤケになって、

「クリスマスに直紀さんとデートできますように！」

と大声で言っておいた。専門分野とちがう願いごとをされて、お稲荷さんも戸惑っただろう。

俺の活躍は、鳥居製作だけにとどまらない。

日曜の夕方に、山太が俺を訪ねてきたんだ。いつもどおり鍵《かぎ》のかかっていないヨキんちの玄関から、

「こんにちは」

と山太の声がした。俺が茶の間から顔を出し、

「おう、山太。上がれよ」

と言うと、山太は敷居を越え、土間に入ってきた。でも、茶の間には上がらず、土間でもじもじしている。

「どうしたんだ。そんなところじゃ寒いだろ。コタツにあたれば」

「ううん、ええんや」

なんだか様子がおかしい。ヨキとみきさんと繁ばあちゃんも、茶の間でテレビを見ていたんだけど、いまや全員の視線が山太に集中している。山太はますますうつむいてしまったが、やがて上目づかいに俺を見た。

「あのな、ゆうちゃん」

「うん」

「クリスマスて、知っとる?」

「そりゃ……」

俺は絶句してしまった。そうか、山太はいままで知らなかったのか。びっくりしたけど、納得もした。なにしろ神去地区は、神去村でも一番奥にあって、学校に通うような子どもは山太だけだ。まわりはジジババばかりだし、清一《せいいち》さんは村の風習を重んじなければならない「おやかたさん」だしで、洋風のイベントなんてしない。山太は小学生になって、同年代の友だちもできて、ようやくクリスマスというものが存在することに気づいたんだろう。

ここは考えどころだぞ、と思った。「知ってる」と俺が言ったら、山太は「自分だけが知らなかった」と傷ついてしまうんじゃないだろうか。それに、清一さんはなにか考えがあって（誕生日でもないのに子どもにプレゼントをあげるなどという、異国の風習は無視するべきだ、とか？）、山太からクリスマスの情報を遠ざけていたのかもしれない。

ところがヨキが、

「おったまげたな、こりゃ。山太、クリスマスも知らんのかいな」

と、大きな声で言ったんだ。ひとの気づかいを無にすることにかけて、ヨキの右に出るものはいない。ヨキの無神経な発言で、山太は泣きだしそうになっている。

「いちおう知ってるけど」

と、俺はあわてて言った。「クリスマスなんて、べつにたいしたもんじゃないよ」

ううう、我が身を刺す言葉だぜ。直紀さんにお誘いをかけられないから、「たいしたもんじゃない」クリスマスになりそうなだけだっていうのに。

山太がべそをかきそうなのを見て、ヨキも動揺したらしい。

「そうなそうな」

と、俺の発言に乗っかった。「山太と同じ名前のヒゲ面《づら》のおいちゃんが、夜中に家んなかに入ってくるだけやで」

サンタクロースは泥棒でも妖怪《ようかい》でもないよ。なにを勝手なこと言ってんだ。

見かねたみきさんが、会話に参加してきた。

「山太、みかん食べ」

「うん、ありがとう」

みきさんから手渡されたみかんを、山太は茶の間の端っこに腰かけて食べた。やっぱり靴は脱がないまま、足は土間のほうへ下ろしてぶらぶらさせている。

「それで?」

山太が少し心を落ち着けたのを見計らい、みきさんは尋ねた。「山太はクリスマスを、どういうもんやと思っとるんな?」

「ダイちゃんやミヒロくん(小学校の友だちだろう)が言うにはな、クリスマスには大きな木に飾りつけをするんやて。七夕《たなばた》みたいなもん?」

「うーん、ちょっとちがう」

と俺は言った。「クリスマスの飾りは、星とかミラーボールみたいなやつだと思うよ」

「ごちそうさんでした」

山太は食べ終わったみかんの皮をきれいに畳み、俺に手渡した(律儀《りちぎ》だ)。そののち、「そうなんか」と首をかしげる。

「それとな、鶏《とり》の唐揚げ食べて眠ると、サンタはんが靴下のなかにええもん入れてくれるんやて。俺、靴下履かんと寝るんやけど、そのせいで、サンタはんはいままで来てくれなかったんやろか」

どうだろうなあ。俺は答えに困ってしまった。山太が語るクリスマスは、俺の知ってるクリスマスと微妙にちがって、あやしげなまじないの話みたいに思えた。

「とにかくな、クリスマスって楽しいものなんやて。俺もクリスマスしたい！」

山太の意気込みをまえに、茶の間にいた大人たちは顔を見合わせた。ヨキが、「おまえに任せる」という視線を送ってきたので、しかたなく俺が代表して質問した。

「クリスマスについて、清一さんに聞いてみた？」

「うん」

「清一さんは、なんて言ってた？」

「考えとく、って。お父さん、なにを考えるんやろか」

「サンタクロースが入ってこれるように、玄関の鍵を開けとくべきかなあ、ってことじゃないか」

「鍵なんか、いつもかけとらん」

「じゃあ、唐揚げ用の鶏肉をどんぐらい買えばいいかなあ、ってことだよ」

「そうやろかなあ」

山太は納得がいかないみたいだった。恋人ならぬお父さんがサンタクロースだと、ばれてはいけない。

「ほら、もう暗くなってきたから、帰りな。送ってく」

と、俺は話をそらした。山太と一緒に、清一さんの家まで歩く。なぜかヨキもついてきた。

清一さんの家は、何度見てもでかい。玄関の脇には、「中村《なかむら》林業株式会社」と、これまたどでかい表札がかかっている。山太は「ただいま」と、玄関の引き戸を開けた。土間にある台所では、祐子《ゆうこ》さんが夕飯の仕度をしているところだった。みそ汁のいいにおいがする。

「おかえり。山太、どこ行ってたの。宿題やった?」

「まだ!」

山太は堂々と答え、玄関に立つ俺とヨキに手を振って、座敷に上がっていった。

「もうー、早くやっちゃいなさい」

祐子さんはおたまで鍋《なべ》をかきまぜながら振り返り、俺たちに気づいて笑顔になった。「あら、こんばんは……」

挨拶《あいさつ》しかけた祐子さんを、シイッとヨキがさえぎる。手振りと口の動きで、「清一おるかいな」と尋ねた。祐子さんはうなずき、

「あなた、ちょっと」

と座敷に向かって声をかけた。清一さんが顔を出し、俺たちを見て、草履《ぞうり》をつっかけ土間に下りてきた。

「なんだ、なにかあったのか」

「ちょいとこっちゃ来《こ》(ちょっとこっちに来い)」

ヨキは清一さんの腕をつかみ、庭へ引っ張りだした。「山太がサンタの存在に気づいたで」

清一さんは一瞬、「なんのことやら」という顔をしたが、すぐに「ああ」とうなずいた。

「このあいだから、『クリスマスしたいねぃな』とうるさくてかなわない」

「してやればええやろ」

とヨキが言い、

「おやかたさん的には、外国のイベントをするのはまずいんですか?」

と俺は尋ねた。

「いや、そんなことはないよ」

清一さんは笑った。「ただ、山太は超合金のおもちゃが欲しいらしいんだ。日曜の朝にやってる子ども向け番組の」

「買ってやったらええねぃな」

と、ヨキは太っ腹なところを見せた。

「五千円ぐらいするんだぞ」

「そりゃ高いな」

と、ヨキはすぐに腹をしぼませた。

「いずれ、山太が中村林業を継ぐとして」

清一さんは腕組みをした。「贅沢《ぜいたく》に慣れたものがおやかたになったら、山にとっても、山で働くひとたちにとっても、不幸だ。だから、クリスマスをどう扱ったものか考えている」

清一さんは、神去の山の未来を考えて、山太を育ててるのか。俺はびっくりした。たしかに、かっこいい服や車でブイブイ言わせ、危険もなく虫もいない環境で暮らしたい、というひとには、山仕事は向かないだろう。俺も村に来たばかりのころは、「暑いし寒いし仕事はきついし、まじサイアク」と思ってた。

でもそのうち、山のうつくしさや恐ろしさに、どんどん気持ちが惹《ひ》かれていっちゃったんだよなあ。斜面を風が渡るときの葉ずれの音、湿って甘い土の香り、流れる雲の影、茂みのなかで息を殺す動物の気配。そういうあれこれが俺の皮膚に染みこんで、なんだか居心地よく感じられるようになったんだ。山で仕事するなら軽トラが便利だし、服なんて鳥や猿ぐらいしか見てないしね。直紀さんにきらわれなきゃ、なんでもいいやと思うようになった。食えて眠れて、また山へ仕事に行けるなら、それで充分な気がしている。

そう考えると、俺はもともと、都会の生活にあまり向いてなかったのかもしれない。高校までは横浜で暮らしてたけど、「つまんねー」と思うことばっかりだったもんな。

子どもに五千円のおもちゃは高いかもしんないけど、一年に一度ぐらいなら、いいんじゃないかなとも思う。山太はいい了だし、俺よりずっとかしこいし、それがきっかけで贅沢したがるバカ息子になるってことはないだろう。だけど清一さんは、あえて山太に我慢や諦《あきら》めを覚えさせようとしてるらしい。山太は将来、神去の山をしょって立つかもしれない子だからね。帝王学（ヨキの言うところの、「お山の大将学」）ってやつだな。

「じゃあ、お金をかけずにクリスマスをするのはどうですか」

と、俺はおずおず提案した。「山太はプレゼントだけじゃなく、ツリーやご馳走《ちそう》にも興味があるみたいでした。ご馳走っていっても唐揚げだし、木は山から切ってくればいいし。みんなでパーティーをして、クリスマスムードを楽しみましょうよ」

「そりゃ名案や」

ヨキが手を打ちあわせた。「清一、堅苦しく考えすぎたらあかんねぃな。プレゼントは、超合金じゃないもんにすればええんや」

「まあ、そうだな」

清一さんは困ったように微笑《ほほえ》んだ。「しかし勇気、きみはそれでいいのか?」

「もちろん。なんでですか?」

「パーティーをするとなると、その……」

「そうや! おまえ、直紀をデートに誘わんでええんか」

あああ、そうだった! 「山太を楽しませよう作戦」に気を取られるあまり、「直紀さんとラブラブデートしたい作戦」を忘れるなんて、俺ってやっぱりバカだ。

でも、待てよ? 直紀さんは一人暮らしなうえに、祐子さんの妹だ。「清一さんの家でクリスマスパーティーをする」と言えば、直紀さんはきっとやってくるだろう。これなら誘いやすいし、直紀さんと一緒にクリスマスを過ごすという、当初の目的も果たせる。

あああああ、でもなあ。直紀さんは清一さんを好きなわけで、しかし清一さんは祐子さんや山太をとても大切に思ってるひとだ。直紀さんは、仲のいい清一さん一家を見てつらい思いをするだろう。そんな直紀さんを見るのは、俺もつらいし複雑な気分だ。

どうしたらいいのかな……。

だが、直紀さんが奥田とデートしたり、一人でイブおよびクリスマスを過ごしたりするのに比べれば、パーティーのほうが断然ましなはずだ。

「全然かまわないですよ」

俺は無理やり笑顔を作った。「べつに俺、直紀さんをデートに誘おうなんて思ってなかったし」

「ほう、ほう、そうかいな」

ヨキがフクロウみたいな声を出し、にやにやした。うるさいな、もう。

そんなこんなで、俺の暗躍により、クリスマスには清一さんの家でパーティーが行われることになったんだ。招待客は、三郎《さぶろう》じいさん、巌さん夫婦、ヨキ一家、俺、直紀さんだ。

俺は直紀さんの家に電話をかけた。また留守かなと思ったんだけど、日曜の夜だったためか、直紀さんはあっさり電話に出た。パーティーへの招待という大義名分があれど、直紀さんとしゃべるのはドキドキする。

「山太にはまだ内緒《ないしょ》なんですけど、二十四日の夜、清一さんの家でクリスマスパーティーをするんです。直紀さんも来ませんか?」

おうかがいを立てたら、直紀さんは一瞬の沈黙ののち、「行く」と言った。

「なにか準備することある? プレゼント交換とかするんか」

「いえ、そういうのは特に計画してません。クリスマスツリーは、男衆で山から切ってきます。当日のご馳走は、みきさん、祐子さん、巌さんの奥さんが作ってくれるそうです」

「それは悪いなあ」

「直紀さんは学校のほうが忙しいだろうから、なんにも気にせず、仕事が終わり次第、身ひとつで来てくれたらいい、とのことでした」

「ありがとう。でも、サラダは持ってくって言っておいて」

「わかりました。伝えます」

「なあ」

「はい？」

「……ううん、なんでもない」

「……おやすみなさい」

「おやすみ」

直紀さんはなにを言いかけたんだろう。ちょっと気になったが、翌日は月曜日。また山仕事だ。俺はさっさと風呂に入り、布団にもぐりこんだ。

直紀さんとクリスマス（ヨキたちもいるけど、まあいい）。山太に負けず劣らず、楽しみな気持ちがこみあげてきて、顔がにやけてしまった。直紀さんにプレゼントしたいな。なにをあげたら喜んでくれるだろう。

庭でノコが、めずらしく遠吠《とおぼ》えをした。月が出ているのかもしれない。冷えこみが一段と厳しい夜だった。


中村清一班は、山でクリスマスツリーを探した。

「ツリーってのは、モミの木やろ？」

三郎じいさんの問いを受け、俺は途方に暮れた。

「はい。でも……」

神去の山はほとんどが植林されている。もちろん、ケヤキやら楠《くすのき》やらが自生した山も残ってるけど、どちらかといえば温暖な土地柄だからかなあ。モミの木なんて、このあたりの山では見たことがない。

「こんだけようさん木があるちゅうのに」

ヨキがぼやいた。「モミが一本もないとはなあ」

俺たちは東の山の麓《ふもと》に立ち、斜面を見上げていた。整然と並んだ梢《こずえ》は、すべて杉とヒノキだ。

「これでいいんじゃないか」

清一さんが、かたわらに立つ赤松の幹を拳《こぶし》で叩《たた》いた。自生した赤松らしく、杉ヒノキ勢の猛攻にもめげず、林道に面して一本だけがんばっている。直径は約十五センチ、樹高は二メートルほど。まだ若い木だ。

「おまえ、たまに驚くほどおおざっぱやな」

ヨキがあきれたように言った。「松とモミとでは、形がまったくちがうやろ。そんなら、ヒノキのほうがまだしも似とるで」

「そやけど、わりと枝ぶりのええ松や」

と、巌さんが赤松を検分した。庭木にするんじゃないいんだけどなあ。

「幹の赤さと葉の緑で、クリスマスカラーちゅうやっちゃ」

と、三郎じいさんも同意した。物事をなんでも前向きに受け止めすぎだろ。

最終的には清一さんが決断した。

「道のすぐそばで搬出も楽だ。これにしよう」

おやかたさんの言葉は絶対だ。ヨキはしかたなさそうに斧《おの》をかまえた。赤松の幹を斧の柄《え》で三度叩いてから、刃を入れる。カーン、といい音が山々にこだました。ノコがリズムを取るように尻尾《しっぽ》を振る。

赤松はほどなく伐倒された。ノコが駆け寄り、片足を上げておしっこをかける。売り物ではないと、ちゃんとわかっているんだろう。

「マーキングしちゃだめだよ、ノコ。これはクリスマスに使うんだから」

俺はノコを抱えて赤松から引き離した。ノコは、「クリスマス？　なんやそれ」って顔をしていた。

切った赤松は、とりあえず清一さんの軽トラの荷台に載せた。庭の目立たないところに寝かせておく手はずになっている。

俺たちは仕事をするべく、林道から徒歩で斜面をのぼっていった。その日は東の山の山頂付近で、ヒノキの間伐をすることになっていた。斜面にばらけ、作業をはじめる。チェーンソーの稼働音、ヨキが斧を振るう音。

昼休憩を挟み、作業は午後もつづいた。二時ごろ、灰みたいなものが鼻さきをかすめたことに気づき、俺は空を見上げた。

「雪だ……」

この冬はじめての雪が、次々に舞いおりてくる。ヒノキの葉をかいくぐり、雪はあっというまに斜面を薄く覆いはじめた。

「勇気、今日は引きあげよう」

清一さんが呼びにきてくれた。俺は急いで荷物をまとめ、チェーンソーを背負って、清一さんのあとにつづいた。班の面々が集まり、一列になって、林道目指して斜面を下りる。ノコは雪に興奮したのか、飛び跳《は》ねるような足取りだ。

「案外早い初雪やな」

「今年も寒くなるんやろか」

「温暖化なんて嘘のような気ぃするな」

ヨキ、三郎じいさん、巌さんは、いつもどおりしゃべっているけれど、俺はそれどころじゃない。積もりかけた雪で、斜面はすべりやすかった。会話に参加する余裕もなく、地面を見ながら慎重に足を運ぶ。

清一さんも黙っていたけれど、それは考えごとをしていたからだったらしい。

「今年は雪起こしをやめておこうかと思う」

と、清一さんは言った。雪起こしというのは、雪の重みでしなってしまった杉やヒノキを、ロープで引っ張り起こす作業だ。しなったまま放置しておくと、幹が曲がってしまったり、重みに耐えかねて折れてしまったりする。

「やめるて」

ヨキが驚いたように言った。「やめて大丈夫なんかいな」

「昨今はどこの山でも人手不足だからな。雪起こしをしていないところも、けっこうあるんだ。雪で折れるような木は、雪起こしをしても結局いい木には育たない、という説もある」

「それがほんまなら、俺たちが苦労して雪起こししてきたのは、なんやったんや……」

ヨキはショックを受けたようだ。三郎じいさんはそんなヨキを、

「林業もどんどん進歩しとるし、ええ方法なら取り入れていけばええ」

と慰めた。

「そやけど、いきなり全部やめてしまうのは、ちょいとこわい気もするな」

と、巌さんは言った。「清一。雪起こしをする斜面と、しない斜面とを決めて、きちんと記録を残すのはどうや。何年か様子を見て、生育に変わりがないようやったら、雪起こしは全面的にやめればええ」

「そうですね、そうしましょう」

清一さんはうなずいた。おやかたさんは絶対の存在だけれど、暴君ではない。これまでの習慣や、山で働くひとたちの心情をちゃんと汲《く》んで、大事な部分はなんでも話しあいで決める。だからこそ、俺たちは安心して清一さんについていけるんだ。

「この調子では、明日は山に入れんかもしれんなあ」

降りつづく雪を掌で受け、ヨキはうらめしそうに言った。

「もし休みになるようやったら、息子一家のところに顔を出してこようと思うんやが」

と、三郎じいさんが言った。

「三郎じいさん、息子さんがいるんですか」

初耳だ、と思った。

「おる。名古屋に住んどるんや」

三郎じいさんは奥さんを亡くし、神去村で一人暮らしをしている。「年に一度ぐらいは、顔を見にいくようにしとる。正月だと、お互いに気ぃつかうやろ。村に来られても、俺一人じゃ、なんのもてなしもできへんしな」

加えて、三郎じいさんの弟も、腰を痛めて名古屋の病院に入院中なんだそうだ。ついでに見舞いもしてくる、とのことだった。

「じゃあ、俺も名古屋まで一緒に行きます」

「なんで」

とヨキが口を挟んできた。「まさかおまえ、パ、ー、チ、ー、の衣装を買って、当日めかしこむつもりか」

「そんなわけないだろ。パーティーっていったって、いつものメンバーなのに。プレゼントを買うんだよ」

「直紀のか」

「山太のだよ!」

いや、直紀さんのプレゼントも選ぼうと思ってたけどね。みんながいるまえで、そうズバリと言わなくてもいいじゃないか。ヨキってほんとに、デリカシーがないんだよな。

「わかった、わかった」

と、清一さんは言った。「明日、雪が積もっていたら、山仕事は休みということにしよう」

雪のおかげで、いつもより早く帰れた。俺とヨキは交代で風呂に入ってあたたまり、夕飯までのひとときを茶の間でくつろいで過ごした。繁ばあちゃんはコタツにあたりながら、厚紙を鋏《はさみ》で切ったり、クッキーの箱に入った千代紙《ちよがみ》を広げたりしている。

「なにしてんの、繁ばあちゃん」

「木につける飾りを作っとる」

「ああ、クリスマスツリーの?」

「うん」

「俺も手伝うよ」

繁ばあちゃんに鋏やら糊《のり》やらを借りた。厚紙を星型に切り抜き、千代紙を貼《は》る。形がいびつだし、千代紙のせいで和風な感じがするけど、まあいいか。繁ばあちゃんは鶴《つる》ややっこさんを折り、葉っぱに吊《つ》すための紐《ひも》をつけた。うーん、ますます和風……。

「俺もやろかいな」

とヨキまで参戦してきて、千代紙を折って切りこみを入れる。広げると、すだれみたいになるやつだ。だからそれは、七夕の飾りだってば。

ひさしぶりの工作は、けっこう楽しかった。夕飯を食べたあとは、みきさんも一緒に飾りを作った。みきさんは、

「クリスマスの飾りのなかには、なんや人形みたいなもんもおらんかった？」

と言い、ティッシュを丸めはじめた。できあがったのは、てるてる坊主だった。……もうなにも言うまい。

作製した飾りを段ボールに入れ、神棚直下の畳に置いた。二十三日の夜、飾りつけをする予定だ。朝になって庭に出現したクリスマスツリーを見たら、山太はきっと喜ぶぞ。モミじゃなく赤松だけどね。


次の日は、冷たくて細い雨が降っていた。雪は五センチほど積もっていたが、この調子ではどろんこになって溶けてしまうだろう。足場がよくないので、やはり山仕事は休みということになった。

三郎じいさんは、朝の九時に軽トラで迎えにきてくれた。ジャケットなんて羽織《はお》っている。かく言う俺も、横浜から持ってきた服を着てたけどね。作業着姿以外は見慣れないから、お互いなんとなく照れ笑いした。

「積もってますけど、山道、大丈夫ですか」

「おう。このへんのもんは、十二月に入ったらスタッドレスタイヤに履きかえるんや」

気づいてなかった。そういえばヨキも、「ちょいと松山《まつやま》モーターズに行ってくる」って、軽トラで出かけてたときがあったな。

俺を助手席に乗せ、三郎じいさんは軽トラを発進させた。路面に積もった雪は、シャーベット状になっている。じゃりじゃり、じょびじょび、と音を立て、軽トラは険しい峠道《とうげみち》を慎重に下っていった。

「列車にまにあうかいな」

神去村まで通っている鉄道は、一時間に一本のローカル線だけだ。名張《なばり》と松阪《まつさか》を結ぶ鉄道になるはずだったが、残念ながら、線路は途中の山のど真ん中で止まってしまっており、名張まては通じていない。神去村の最寄《もよ》り駅が、いまのところの終点である。最寄り駅といっても、そこから村の中心部まで、車で一時間ぐらいかかるんだけどね。

「ちょっと厳しいですね。それに、夕方また雪になったら、運休になるかもしれませんよ」

「そやな。じゃあ、車で津まで出てしまおか」

三郎じいさんは華麗にハンドルを切り、津への道を選んだ。山を下りきり、平坦《へいたん》な場所に出ると、もう雪は道にはほとんど残っていなかった。三郎じいさんは快調に飛ばす。

俺は窓から、白く染まった山々を眺めた。

「三郎じいさんの弟さんは、なんで村には残らなかったんですか？」

「俺は弟と、ちょっと年が離れとってなあ」

三郎じいさんは、フロントガラスから視線をはずさずに言った。「弟が成人するころには、林業に陰りが見えてきとったんや。町で会社に入ったほうが、将来もあるやろと思った。弟も、『力仕事はようせん』ちゅうとったしな」

たしかに林業はきつい仕事だけど、楽しいこともたくさんあるように思えるんだが……。俺が黙っていたら、三郎じいさんはなだめるように言葉をつづけた。

「いまは、また状況がちがうで。勇気みたいに若いもんが、ようけ山に来てくれる。ええ時代になったもんや。いまにして思えば、弟の若いころは、ばりばり働いて金もうけすることが一番ええことやちゅう風潮に、世間も俺も染まっとったのかもしれん」

「そんな風潮だったら、俺は落ちこぼれ確定ですよ」

「うん。当時は気づかんかったが、不自由なことやった」

三郎じいさんは首を振った。「やる気のある若いもんのおかげで、林業は変わった。俺は、林業の全盛期も衰退期も知っとるが、いまの雰囲気が一番好きや。この調子なら、林業は時代に応じて生きのびていけるかもしれんと、希望を持っとる」

そうだったらいい。神去の山が、百年後にもいまと変わらず、神去村のひとたちとともにあるといい。奇妙なお祭り、オオヤマヅミさん、お稲荷さん、ナガヒコの伝説。そんなあれこれと一緒に、住人たちが山を手入れし、木を植え、木を切り、恋したり喧嘩《けんか》したりして生活する村。そういう未来。

百年後か。目が覚めたらすぐに忘れてしまう夢みたいに、遠い出来事に感じられる。でも、俺が植えた木を、山太の息子が伐倒するかもしれないんだ。そう考えると、すごく身近で親しみの持てる出来事にも感じられてくるから不思議だ。

がんばらないとな、と俺は思った。おかしなめぐりあわせだったけど、神去村に住むようになったからには、できるかぎりの力で山仕事をしよう。そうじゃなきゃ、直紀さんにだって顔向けできない。

軽トラックを津の駅前にある駐車場に停め、俺と三郎じいさんは近鉄に乗った。名古屋までは特急で一時間だ。

俺たちはボックスシートに向かいあって座った。

「三郎じいさんは、クリスマスを祝ったことある？」

「あるに決まっとるやろ。俺はそんなに年じゃないねぃな」

へえ、ものすごく山深い神去村にも、ずいぶんまえからクリスマスは伝わってたんだ。俺はちょっと意外に思い、

「どんなふうに祝ったの？」

と聞いてみた。

「俺には、名古屋におる息子と、東京に嫁いだ娘があるんやが、二人とも山太と同じように、クリスマスをしたがってな。ばあさんがカレーを作った」

「……あんまりクリスマスっぽくないですね」

「子どもはカレー好きやろ。あとな、プレゼントもちゃんとやったで」

「もしかして三郎じいさん、サンタの恰好《かっこう》してたりして」

「うんにゃ。獅子舞《ししまい》の恰好や」

「なんで！」

「いまは過疎化《かそか》が進んで、獅子舞もせえへんようになってしもうたが、当時は盛んでなあ。俺がちょうど、獅子の頭《かしら》をかぶる当番やったから」

理由になっていない。

三郎じいさんによると、稽古《けいこ》のために獅子頭を家に置いていたので、それをかぶって子どもたちが寝てる部屋へ忍びこんだのだそうだ。

「枕《まくら》もとにプレゼントの包みを置いてな。そしたら娘が気づいて、悲鳴を上げて泣きはじめた。つられて息子も目を覚まし、しょんべんちびらせてギャンギャン泣く。ばあさんには、『あんたはアホか』と怒られるしで、まいったで、ほんまに」

それ、子どもにとってはトラウマになったんじゃないだろうか……。神去村では以前から、クリスマスがあんまり原形をとどめていない、ということがよくわかった。

名古屋駅の改札で、俺は三郎じいさんと別れた。四時に落ちあうまで、自由行動だ。

クリスマスが近いせいか、名古屋駅周辺は、平日だというのにすごい人出だった。ひさびさに都会に来たので、なんだか日がちかちかする。

世の中には、こんなにぴかぴかの商品があふれ、きらきらした女のひとたちがいたんだなあ。山での修行を終えたお坊さんみたいな感想を抱いてしまった。

俺は名古屋に詳しくない。改札のすぐまえにあった、巨大なデパートに入った。上層階はホテルになっているらしく、とにかく豪華なつくりだ。

ひといきれがすごくて、俺はボーッとしながら売り場を見て歩いた。予算もそんなにないしなあ。なにがいいだろう。

ふと、赤いマフラーが目にとまった。派手すぎず、深い色をしている。そっと触ってみたら、やわらかくてあたたかそうだ。

バイクに乗るひとといえば、やっぱり赤いマフラーだよな。直紀さんの緑のカワサキにも、似合うんじゃないか。

値札を見たら、予想を超えていて驚いた。でも、買えない額じゃない。俺は売り場をもうひとまわりし、マフラー以上に心惹かれるものがないのを確認してから、購入した。プレゼント用に包装してもらう。店員さんは、サンタやモミの木が細かくプリントされた緑の紙に、赤いリボンをかけてくれた。

その直後、子ども用の青い手袋を発見。おお、山太にぴったりだ。隣には、大人用のピンクの手袋もあった。ふたつはおそろいで、それぞれ黄色と茶色の星模様が、どかんと甲部分についている。そういえば繁ばあちゃん、防寒のために軍手を使ってたっけなあ。ピンクのほうは、ちょっとかわいすぎる気もしたけど、繁ばあちゃんへのプレゼントにしよう。

手袋をふたつ買い、これまた包装してもらった。さて、ヨキとみきさんには、なにがいいかな。

プレゼントを探すのって、わくわくすることなんだと、俺ははじめて知った。高校のころはさ、つきあってた彼女と、もちろん一緒に買い物もしたし、クリスマスのプレゼントを選んだりもしたよ。でも、俺はなんていうか、義務っぽい感じだった。彼女もきっとプレゼントをくれるんだろうから、面倒くさいけど、俺もあげないとなあ。そんな感じ。悪いことしたな。彼女は俺の好きそうなもの、一生懸命に選んでくれたのかもしれないのに。

俺はエスカレーターに乗って、売り場を順繰りに見ていった。藍色《あいいろ》のきれいな夫婦茶碗《めおとちゃわん》があったので、ヨキとみきさんには、それを選んだ。プレゼントされた茶碗なら、みきさんも夫婦げんかのときに、投げつけるのを遠慮してくれるかもしれないからね。

時計を見たら、午後一時を過ぎている。プレゼントを選ぶのに二時間もかかっていた。どうりで腹が減ったと思った。俺はデパートを出て地下街に下り、適当な店に入って、みそカツ定食を注文した。みそカツってはじめて食ったけど、おいしいんだね。甘辛い味わいが、やみつきになりそうだ。

昼を食い終わっても、四時まではまだ時間がある。プレゼントの入った紙袋をぶらさげ、俺は地上へ向かった。あいかわらず空は厚い雲で覆われていたが、雨は降りやんでいた。

不安になるほど広い通りを、あてもなく歩いてみる。目についた喫茶店に入り、漫画雑誌を読みながらオレンジジュースを飲む（なぜか、ジュースと一緒に梅昆布茶も出てきた。この店特有のサービスなんだろうか）。

神去村では、道を歩けば声をかけられる。「名古屋では、だれにも見られてないんだ」と思うと、ものすごく清々《せいせい》した。同時に、なんとなく心細い気もした。変なもんだね。どこにいても、なにかが行きすぎだったり、たりなかったりするように感じられるなんて。

だれでも、そういうものなのかな。

待ちあわせまでの時間を持てあましつつ、俺は無事に三郎じいさんと再会し、神去村へ帰った。三郎じいさんは息子夫婦と昼食を摂《と》り、ちょっと慌ただしかったけれど、弟のお見舞いもしてきたそうだ。弟は二日後には退院できるとのことで、三郎じいさんも一安心したようだった。

「『兄貴も腰には気をつけろよ』なんぞと、えらそうに言うとった。俺はまだまだ、杉の丸太を二本、肩にかついで山を下りられるで」

七十も半ばなんだから、そこまで元気じゃなくていいよ、三郎じいさん。


さて、十二月二十三日の夜、俺とヨキは清一さんちの庭へ向かった。ヨキは飾りの入った段ボールを抱えていたので、懐中電灯を太巻きみたいにくわえて道を照らした。口がでかいんだな……。俺も懐中電灯を持ってるんだから、そんなことしないでいいって言ったんだけど、ヨキは聞く耳を持たなかった。

「ほへほひふひひは、ほへはへはふ（俺の行く道は、俺が照らす）」

って言い張ってた。バカだろ？

庭には、赤松を立てるための穴が作ってあった。清一さんが、巌さん、三郎じいさんと協力して掘ったらしい。

「山太はすでに奥の部屋で寝ているが、なるべく静かにな」

清一さんに念押しされ、俺たちは無言でうなずいた。全員で庭の隅から赤松を運んできて、穴に差しこむ。直立させるのがむずかしかったけれど、ヨキが「ふんがあ！」と背中で押しあげた。

「よし、そのまま支えとれ」

巌さんが小声で言い、スコップを手に、穴を土で埋めはじめた。俺も手伝う。夜中になにをやってんだろ。盗んできた金塊を埋める犯罪者みたいだ。

清一さんと三郎じいさんが、赤松のまわりの土を踏み固めた。赤松は地面にちゃんと立った。大人の背丈よりも、少し高いぐらいだ。

「ようし、飾りつけや」

ヨキが脚立《きゃたつ》やらビールケースやらを運んできた。それを足台にして、思い思いの場所に飾りをぶらさげる。

「ちょいと地味かのう」

三郎じいさんが心配そうに、千代紙を貼った星を眺めた。

「うちの納屋に、こんなもんがあった」

巌さんが取りだしたのは、クリスマス用の電飾だった。色とりどりの小さな電球がついている。

「ええやないか。清一、延長コード持ってこい」

ヨキが張り切って、電飾を松の葉にかけた。清一さんが延長コードを納屋にあるコンセントにつなぎ、スイッチを入れた。

「おおー……?」

赤松は、頭頂部だけがやけに大きくて派手な宇宙人みたいだった。

「やっぱりモミじゃないと妙やな」

「でも、クリスマスを祝おうっていう気合いは伝わるよ」

「そうな、そうな」

翌朝、班のメンバーはいつもどおり、清一さんちの庭に集まった。ドラム缶で焚《た》いた火にあたりながら、仕事の段取りを確認するためだが、みんなもちろん、庭の真ん中に出現した満艦《まんかん》飾《しょく》の赤松を見ては、目配せしあった。山太がどんな反応を示すか、気が気じゃなかったんだ。

やがて玄関の引き戸が開き、

「いってきまーす」

と、ランドセルを背負った山太が勢いよく飛びだしてきた。次の瞬間、山太は庭の赤松に気づき、

「クリスマスツリーや!」

と叫んだ。「これ、お父さんが作ってくれたん?」

「班のみんなが作ってくれたんだ」

清一さんは穏やかに答えた。

「おおきに、ありがとう！」

山太は笑顔になり、俺たちに向かって礼を言った。「うわー、すごいな。ほんまにクリスマスツリーや」

山太は夢じゃないかとたしかめるように、ぐるぐると赤松のまわりを駆けては枝を見上げる。ノコも一緒になって駆け、また赤松にマーキングした。

「こら、あかんねぃな、ノコ！」

山太は優しくノコを押しのけながらも、うれしそうに笑っている。あんまり喜ぶもんだから、モミの木をなんとか用意してやればよかったなと、かえって申し訳なくなったぐらいだ。

「そろそろ行かないとバスに遅れるわよ」

祐子さんが山太に声をかけた。「今日は寄り道しないで、まっすぐ帰ってきなさいね」

山太は知るよしもないが、なにしろクリスマスパーティーが控えているのだ。

「はーい！　いってきまーす！」

山太はようやく、赤松のまわりを駆けるのをやめ、中村家の敷地を出ていった。

「これでパーチーをやって、サンタのおいさんまで来たら、山太のやつ、うれション（うれしくて思わずちびる小便）するんとちゃうか」

と、ヨキは言った。

「獅子頭、集会所に大事に保管してあったはずや。取ってこよか」

三郎じいさんが、俺に向かっていたずらっぽく言った。

「ほんとのお漏らしになっちゃうから、だめですよ」

山太のためを思い、俺はその提案を却下した。


はぁー、キーボードを打つだけとはいえ、さすがに手と脳みそが疲れてきたぞ。今回はここまで。クリスマスパーティーの模様は、また次の機会に報告するね。直紀さんと俺がどんなムードだったたか、気になるひともいるだろう。むほほ。まあ、だいたいはいつもの宴会だったんだけどさ。

読者のみんなたちも、寒さに厚着をしてるころかな。それとも、これから夏へ向かうのかな。いずれにせよ、風邪を引かないようにね！

……俺もだんだん、読者がいるふうに振る舞うのがうまくなってきたな。そうだ、万が一にも繁ばあちゃんに見つからないよう、この文章をちゃんとパソコン深くに隠しておかなくちゃ。

じゃあ、また！

最終夜

神去村はいつもなあなあ

イブの夜、唐揚げも食い終えた俺は、直紀《なおき》さんに言った。

「直紀さん、ちょっと納屋《なや》に来てくれないかね」

「ええけど、なんで？」

「もちろん、決まってるぢやないか。二人きりになるためさ」

「いややわあ、勇気《ゆうき》。すいたらもんやったんやな」

直紀さんはそう言って頬《ほお》を赤くしたけれど、俺といっしょに清一《せいいち》さん宅の座敷を抜けだしてくれた。

庭には、夕方から降りだした雪が積もっている。白く染まった山肌も、夜に浮かびあがっている。みんなが清一さんの家に集まってきたときの足跡は、降りつづく雪に消えかけていた。

その跡から少しそれて、俺と直紀さんは納屋へ向かった。

納屋の戸を開け、ちょっと黴《かび》くさい空気を嗅《か》いだとたん、

「直紀さん」

と俺は言った。「俺はもう辛抱できないのです」

「あかんねいな、勇気。そんな、いきなり」

「あかんことないでしょう」

「もう、アホ。ほんまにあんたときたら、すいたらもんなんやから」

アホと言うわりに、直紀さんは笑いながら俺に抱きすくめられている。俺は意を強くして、直紀さんを納屋のなかに押し倒し

ちょっとちょっと、繁《しげ》ばあちゃん！　なに書いてんの！　パスワードをかけてパソコンをロックしてあったのに、どうやって俺の秘密文書を開いたんだよ！

みんなたちよ、くれぐれも誤解しないでくれ。俺は、イブの夜に直紀さんを納屋で押し倒してなんかないからね。冒頭の文章は、繁ばあちゃんが勝手に創作したものだ。

……ちょっとおもしろいから、いちおう保存しておこう。それにしても、「二人きりになるためさ」とか「辛抱できないのです」とか、繁ばあちゃんの目に映ってる俺って、いったいどんな人格なんだよ。なんで昼のドラマみたいになってんだ（昼ドラをあまり見たことないくせに、なんとなく、感じで言っちゃってるが）。

パソコンのまえに一人で座ってる繁ばあちゃんを目撃したときは、マジでびっくりした。パソコン画面が繁ばあちゃんの顔を青白く照らしていて、「ひぃっ、妖怪《ようかい》！」って思った。次の瞬間には、「繁ばあちゃん、パソコン使えたの！」って叫びながら、大慌てで部屋に踏みこんだけどね。

現場を押さえられた繁ばあちゃんは、「しまった」という顔で俺に向き直った。

「勇気、もう帰ってきたんか」

「そうだよ。帰ってきちゃいけなかった？　俺が留守のあいだに、なにしてんだよ」

「あんたの小説が中断しとるようやったで、わてが代わりに書きつづってやっとったんな」

「な、なんで勝手に……（それに、小説じゃない。記録だ）。パスワードを入力しないと、パソコンの中身を見られない設定になってただろ」

「わてかて、アルファベットぐらいわかる」

　と、繁ばあちゃんは胸を張った。「パスワードちゅうのも、なんとなく見当がつくねぃな。文字を入れればええんやなと察したわては、勇気が考えることというたら……、て推測した。あとは簡単や。『ｎａｏｋｉ』て入れたら、中身を見られるようになった」

　あじゃぱー。俺は全身から力が抜け、両の拳《こぶし》を畳についてうなだれた。

「よく、キーボードを打てたね」

「勇気がやっとるのを、端《はた》でよう眺めとったし、デイケアセンターでパソコン講座に参加したでな」

　繁ばあちゃんはにんまりした。「でもどうしても、ちっちゃい『つ』や『や』が出ないんや。どうやったら出るんかいな」

「教えない。もう絶対、勝手にパソコンを触らないでよ」

「なんやねぃな、勇気のつくばりもん！」

つくばりもんというのは、神去弁《かむさり》で「ケチ」という意味だ。ちなみに、繁ばあちゃんが書いた作品（?）のなかで、直紀さんが「すいたらもん」と言ってるけど、これは「スケベ野郎」とか「エッチ♡」という意味だ。

繁ばあちゃんはぷりぷりし、しかし非常にゆっくりした動作で立ちあがって、「金魚に餌《えさ》でもやろ」と、アルマジロよりのろいスピードで部屋を出ていった。

ふぅ。まったく、油断がならない。文書ファイルは、パソコンの奥深くに隠しておいたのになあ。繁ばあちゃんは、常日頃ぬかりなく俺を観察し、老人のくせにパソコンスキルをひそかに高めていたようだ。繁ばあちゃんが襖《ふすま》をちゃんと閉めたのを確認し、俺は即座に、パスワードを「ｓｈｉｇｅ」に変更したのだった。繁ばあちゃんにまんまとパスワードを見抜かれてしまったのも、また恥ずかしい。

だけど、繁ばあちゃんが気を揉《も》むのもわかる。たしかに俺は、秘密の記録をつけるのを一時中断してしまっていた。年末年始、横浜に帰省してたからなんだけどさ。そんで、正月休みを終えて神去村に帰ってきたとたん、パソコンに向かう妖怪、じゃないじゃない、繁ばあちゃんを目撃したってわけだ。がびーん、かつ、あじゃぱーだよ。横浜よりも気を抜けない、デンジャラスな村だぜ。

みんなたちも、イブのパーティーの様子とか、直紀さんと俺がどうなったかとか、気になってるだろ?　気になるよな?　気になると言ってくれ。いや、読者のみんなたちが存在しないのはわかってるけど、ご要望にお応《こた》えして書いている、という形にさせてほしい。じゃないと照れくさくて、ほんとにマジで顔から火を噴《ふ》く。「繁ばあちゃんが俺の文章を盗み読み（ついでに、勝手に創作まで！）」の衝撃がまだ消え去らないけど、気を取り直して、イブの夜からの出来事を順を追って書いていこうと思う。ついてきておくれよ、みんなたち！

十二月二十四日の夕方（いま、これを書いているのは年が明けてからだから、もう去年のことになる）、俺とヨキと繁ばあちゃんは清一さんの家へ向かった。繁ばあちゃんのことは、ヨキがおんぶした。俺は、名古屋で買ったプレゼントの入った紙袋を提げていた。ノコもクリスマスパーティーに参加したかったらしく、小屋から出てついてきた。

中村《なかむら》清一班のメンバーは、日中は山で仕事だったので、料理の準備はみきさんはじめ女のひとたちが、午後から清一さんちでしてくれている。

表はすっかり日が暮れていた。家を出て一瞬で、耳がかじかむ。山から吹き下ろす風が、痛いほど冷たい。また雪が降りはじめ、うっすら積もりだしたところだった。ちゃんちゃんこを着てヨキに背負われている繁ばあちゃんに、俺は黒い傘を差しかけた。小さな雪のかけらが傘に当たって、かさかさと乾いた音を立てる（オヤジギャグじゃないよ）。

道には、できたてほやほやの足跡があった。足跡は二種類で、ゴム長を履いてまっすぐ歩いているのが巌《いわお》さんのもの、地下足袋《じかたび》でふらふら寄り道しながら進んでいるのが三郎《さぶろう》じいさんのものらしかった。どちらの足跡も清一さんちの庭へとつづき、玄関で消えている。バイクの轍《わだち》がないので、直紀さんはまだ到着していないようだ。サラダを作るのに手間取ってるのかな、と俺は思った。直紀さんと料理って（たとえサラダといえども、料理だろう）、イメージがあんまり結びつかない。

赤松のクリスマスツリーは電飾が灯《とも》り、雪のなかに立つ派手な宇宙人って感じだった。きれいでちょっとさびしい光景のような、まぬけで妙ちくりんな光景のような……。自分が感じている気持ちにうまく判断をつけられないまま、俺はツリーの脇《わき》を通りすぎ、清一さんちの玄関のまえに立った。

繁ばあちゃんを背負ったヨキが、玄関の引き戸を足で器用に開ける。

「こんばんは」

あたたかい空気とともに、いろんなご馳走《ちそう》の香りが重なりあって流れてきた。その流れに乗るようにして、座敷から土間に下りた山太《さんた》が、弾丸みたいに駆けてくる。

「ゆうちゃん！」

山太は笑顔で、土間に立つ俺たちを見上げた。「クリスマスパーティーしてくれて、ありがとな」

「よかったな、山太」

俺は山太の頭を手荒く撫《な》でてやった。「今夜はいっぱい食おう」

土間にある台所では、祐子《ゆうこ》さん、みきさん、巌さんの奥さんが、何枚もの大皿に料理を盛りつけていた。ちらし寿司《ずし》、いなり寿司、豚の角煮に鯛《たい》の塩焼き。ほうれん草の白和《しらあ》え、切り干し大根、ひじきとがんもどきの煮物などなど。もちろん唐揚げもある。ほんとにすごいご馳走だ。

ヨキは祐子さんの許しを得て、ノコを土間に入れてやった。ノコも「ご馳走の香り攻勢」に驚いたようで、鼻をひくつかせている。

座敷では、清一さん、三郎じいさん、巌さんが、ビールを飲みはじめていた。三人とも身振り手振りを交え、なんだか楽しそうに話している。「盛りあがってるな」と思ったんだけど、会話の内容をちょっと聞いてみたら、

「このあいだの材木市《いち》で、どでかいのが出たそうやないか」

「ええ。百二十年生のヒノキでしたね。しかも、ほぼウロがない」

「たいしたもんやなあ。どこの山や」

「東の山の奥のほうです。下《しも》の川田《かわだ》さんが持っている斜面」

「いくらになった」

「ざっと、これぐらい」

「うひゃあ、ええ値やな」

「川田はん、ほくほくやろ。俺たちも負けちゃあおられん。清一、神去山の西隣にも、おまえんとこが持っとる山があったな。あそこの杉、百年越えのもんも多いとちゃうか」

「いま切るのはもったいないですよ。あと二十年待てば……」

「百五十年生にはなるな」

「そんなら、もうちょっと待って、うんと太くしたろうかいな」

「うしし」

「うしし」

などと言っている。パーティーでも、山の話！　どんだけ林業が好きなんだよ。しかも金もうけの話も絡《から》んでて、ビミョーに腹黒く笑いあってるし。だいいち、二十年後って……。三郎じいさんは、どのぐらい長生きするつもりなんだろう。金もうけの話をするときも、なあなあ精神を失わないのがすごい。気長すぎるよな。

「なあなあ」

と三人に声をかけ、ヨキは座敷に上がった（ヨキが言った「なあなあ」は、「ゆっくり行こう」の意味ではなく、「よう、いい夜だな」って感じだ）。「ちょいと遅れてしもたようやな」

「おう、ヨキ。待っとったで」

と、三郎じいさんが言った。待たずに飲んでたわけだけどね。巌さんがコップを配ってくれた。ヨキは繁ばあちゃんを畳に下ろし、さっそく酒盛りに参加する。繁ばあちゃんはといえば、おやかたさんである清一さんに対し、

「クリスマスパーチーなんやてな。呼んでもろて、おおきに」

と挨拶《あいさつ》している。

俺は山太と一緒に台所と座敷を往復し、料理を運ぶのを手伝った。大きな座卓に、所狭しと大皿が並んだ。パーティーの準備が整い、女性陣もエプロンをはずして、座卓のまわりに集ま

った。

「直紀から連絡があって、まだ小学校で残業してるそうなんです」

祐子さんが報告すると、一同はひとしきり、

「先生ちゅうのは、えらい仕事やなあ」

「なかでも直紀は、特別に熱心や」

と感心した。

「それじゃあ、さきにはじめよう」

と清一さんが言い、ビールの入ったコップを軽くかかげた。「みなさん、今夜は山太につきあわせてすみません。クリスマスを楽しみましょう。乾杯」

「かんぱーい！」

俺は山太とコップを合わせた。山太はオレンジジュースだったけど、繁ばあちゃんも含め、ほかは全員がビールだ。神去村の女のひとは、実は酒豪ぞろいなんだ。ふだんはあまり飲まないけど、お祭りや宴会となると、「酒樽《さかだる》の底が抜ける」と称されるほど飲む。座卓の隅っこで祐子さんが、「氷、いっぱい作っておいたから」と言い、みきさんがなぜか腕まくりしながら、「ほな、次は焼酎《しょうちゅう》行こか」と応じていた。やる気まんまんのようだ。

料理はどれもおいしかった。サラダ担当の直紀さんが到着していないので、ちょっと野菜がたりない傾向にあったけどね。山太はうれしそうに唐揚げを頬ばっている。

「山太、サンタクロースにはなにをお願いした？」

「ベジタブル戦隊の、ミラクルギャラクティカフォーム・ベジタブルロボ！」

「……それ、どんなの？」

「ベジタブル戦隊の五人が乗った、ワンダフル・ベジタブルマシーンが合体して、巨大ロボになるんや。最終形態なんやで」

ベジタブルって、野菜だろ。その戦隊、強いの？　まったくわからなかったが、「へえ、すごいね」と俺は言った。山太は興奮した口調のまま、

「それでな」

とつづけた。「サンタさんに『ミラクルギャラクティカフォーム・ベジタブルロボください』って手紙書いたら、お返事が来たんや」

「え、まじで」

「持ってくる。ちょっと待っとって」

山太は座敷から飛びだした。廊下を走る足音が遠ざかり、また近づいてきて、山太は再び俺の隣に座った。

「これ」

山太が差しだしたのは、鮮やかな緑色の封筒だった。表には、「山太くんへ」と大きく書かれている。清一さんの字に似てるなあと思ったんだけど、封筒の裏には「サンタ」とある。

「読んでええで」

と山太が言うので、俺は便箋《びんせん》を出して広げた。封筒と同じ色の紙には、こう書いてあった。

山太くん

てがみをどうもありがとう。げんきにくらしているようで、うれしいです。山太くんは、わたしとおなじ名まえなんだね。

ミラクルギャラクティカフォーム・ベジタブルロボがほしいという、山太くんのきもちはよくわかりました。しかし、もうしわけないが、山太くんにプレゼントをとどけることはできません。

山太くんがすんでいるのは、かむさり村の、「おく」というばしょでしょう。そこまでいくのは、トナカイのそりであっても、ずいぶんじかんがかかります。二十四日は、わたしはせかいじゅうの子どもたちに、プレゼントをとどけなければなりません。なかには、ごはんもおうちもない子どももいて、わたしはそういう子どもたちに、ゆうせんしてプレゼントをとどけたいとおもうのです（ゆうせんとは、「まず、さきに」といういみです）。

だから、山太くんはおとうさんからプレゼントをもらってください。山太くんのしあわせを、心からねがっています。

サンタより

「な？　な？　すごいやろ」

山太は誇らしそうに、俺の顔を覗《のぞ》きこんだ。

「う、うん」

迫力に押されて俺はうなずき、サンタの手紙を山太に返した。「それで、なんとかロボは、清一さんからもらえたのか？」

「うんにゃ」

山太は首を振った。「お父さんがくれたのは、これ」

じゃじゃじゃーん！　と効果音つきで、山太が背後から突きだしたのは……。高さ三十センチぐらいの、木製のロボット（らしきもの）だった。

「お父さんが作ってくれた、ミラクルギャラクティカフォーム・ベジタブルロボ！」

「……そっか、斬新《ざんしん》だな」

山太。おまえときたら、どんだけいい子なんだ。うれしそうな山太の顔を見て、俺は思わず目頭を押さえた。だまされてる……、おまえは清一さんにだまされてるぞ、山太。

だって、清一さんが作ったというロボは、五千円以上する売り物のロボとちがって、あきらかにしょぼかったんだ。だいいち、超合金じゃなくて木製だし。木が欲しかったら、神去村では眠ってても入手できる。

いや、金額は問題じゃない。それは俺にもわかる。清一さん作のロボは、頭部が赤、胴体が緑、右腕がオレンジ、左腕が柴、両脚が茶色と、ペンキできれいに塗りわけられていた（山太によると、ベジタブル戦隊のカラーに忠実なんだそうだ）。すべての角にやすりがかけてあって、手ざわりもなめらかだ。しかも、関節部はネジで留めてあるため、可動するようになっている。木工おもちゃとしては、かなり完成度が高い。清一さんは時間をかけて、山太のために丁寧にロボを作ったんだろう。

だけどなあ……。一言で言って、偽物《にせもの》くさいんだよ。超合金のロボが欲しかったのに、この木製ロボをプレゼントされたら、俺ならすごくがっかりして、ひと暴れすると思うね。

山太は大事そうにロボを膝《ひざ》に載せ、ちらし寿司を食べはじめた。くうぅ、なんという純粋さだ。これはたぶん、神去村で育ったから、とかじゃないな。生まれ持った性格と、清一さんと祐子さんの育てかたのおかげだな。

日本酒を水のように飲んでいたヨキが、山太のロボに目を留めた。

「なんや、これ。ええもん持っとるなあ、山太」

「お父さんが作ってくれた」

「ほえー。清一のやつ、器用やな。腕も脚もぐるんぐるん動くやないか。ほれ、パーンチ」

「やめるねぃな、ヨキ。返せったら」

山太はヨキと遊びはじめた。ロボが放つ偽物臭をものともせず、ヨキは心からうらやましそうな様子だ。ノコも座敷の端に前足をかけ、のびあがるようにして二人の手もとを覗きこんでいる。俺は土間に下りて、ヨキの家から持ってきたドッグフードをノコにあげた。俺たちばっかりがご馳走を食べていたんじゃ、ノコもつまらないだろうからね。

清一さんは繁ばあちゃんのために、角煮を皿に取って箸《はし》でほぐしてあげている。みきさんは祐子さんと、中学生みたいに笑いころげている。手に持ってるのは、焼酎の入ったコップだったけど。三郎じいさんと巌さんは、「トマトが血圧降下に効くらしい」という話をしている。そばで聞いていた巌さんの奥さんが、「あんた、トマトを食べられへんくせに」と茶々を入れる。

クリスマスムードはどこにもなく、ふつうの宴会と変わらなかったが、みんなとても楽しそうだ。

俺は年代物の柱時計を見た。七時半をまわったところだ。

「直紀、ちょっと遅くないやろか」

心の声が漏れてしまったのかと思った。でも、発言者は巌さんだ。トマトの話題で雲行きが悪くなったので、直紀さんのことを持ちだしたようだ。

「雪が積もって、バイクではよう来られんのかもしれんで」

と、三郎じいさんが言う。

「俺の軽トラ貸してやるさかい、直紀を迎えにいってやれや」

ヨキにそそのかされ、俺はすっかりその気になったのだが、清一さんに止められた。

「勇気はもう飲んでるじゃないか」

そういえば、そうだった。祐子さんも、

「もうちょっと待ってみましょう」

と微笑《ほほえ》んだ。「ケーキを焼いたので、よかったら、みなさん召しあがってください」

祐子さんが台所から持ってきたのは、生クリームたっぷりのイチゴのホールケーキだった。

持参したプレゼントを渡すなら、このタイミングしかないだろう。直紀さんには、二人きりになったときにあげたい気がするし。

「あの」

と、俺は立ちあがった。「山太と繁ばあちゃんとヨキとみきさんに、プレゼントがあるんです。全員ぶんじゃなくて、すみません」

「かまわん、かまわん」

三郎じいさんが拍手した。「勇気は名古屋で、えらい悩んでプレゼントを選んだんやで」

「ぜひ見たいな」

と、巌さんも言ってくれたので、俺はプレゼントを配った。山太が慎重に包みを開け、手袋を見て歓声をあげた。

「うわ、かっこええ！　星がついとる。繁ばあちゃんとおそろいや」

「ほんまに、こりゃあったかいな」

繁ばあちゃんはさっそく手袋をはめ、両手を顔のまえにかかげて眺めた。

「あら、いい色のお茶碗《ちゃわん》」

みきさんも表情を輝かせた。「ヨキのお茶碗、縁《ふち》がちょいと欠けてしもとるからな。明日から、これを使わせてもらおか」

「おう。飯がいっぱい入りそうな、ええ茶碗や」

ヨキはうなずき、俺が持つ紙袋にちらっと視線を送った。「もうひとつ、プレゼントが残っとるようやな。だれのぶんや?」

わかってて聞いてくるんだから、いやなやつだ。三郎じいさんに、「言うまいな、言うまいな」といさめられ、ヨキは愉快そうに笑った。

口々に礼を言われ、俺はぺこりとおじぎした。プレゼントを喜んでもらえたようで、よかった。

切りわけてもらったケーキを、全員で食べる。すごい、ケーキ屋さんで売っててもおかしくない出来だ。スポンジはふわふわだし、表面だけじゃなく内部にも生クリームが塗ってあって、イチゴがぎっしり詰まっていた。生クリームのせいで、山太は口のまわりに白いヒゲが生えたみたいになっている。

「山太がサンタや」

とヨキは笑った。ほかのひとたちも、「こりゃうまいな」「神去では、なかなかこういうケーキは手に入らんで」と褒めた。

「電子レンジのオーブン機能で作ったんか?」

と、みきさんが祐子さんに尋ねた。

「ううん。うちのレンジ、古くなってしまって、オーブンの温度調整がうまくできなくて。だから、土間の薪《まき》ストーブで焼いてみた」

「へえ、できるもんなんやなあ」

「火加減がわからなくて、一回失敗しちゃったけれど」

祐子さんは少し恥ずかしそうに笑った。「清一さんが火の番をしてくれたから、うまくいったの」

熱いですぞ、熱いですぞ！　直紀さんがまだ到着してなくてよかった。

ケーキを食べ終えた山太は、満腹になったのか、こっくりこっくりしはじめた。

「こうなると思って、夕飯まえにお風呂に入れたんです」

祐子さんはため息をつく。「ほら山太、歯を磨いて、もう寝なさい」

「いやだ、まだ起きてるねぃな」

と言いつつ、山太の目はほとんど閉じている。柱時計を見たら、八時を過ぎたところだ。さすが、睡眠優等生の山太だ。小学校に入学してからも、超絶早寝早起きの生活サイクルを維持しているらしい。

「山太、布団まで一緒に行ってやるよ」

俺がそう持ちかけると、やっと山太はうなずいた。座敷の面々に「おやすみんさい」と挨拶し、山太は手袋をはめ、清一さん作のロボとサンタからの手紙を持って、廊下へ出た。俺も、山太のあとをついていく。

清一さんの屋敷は、ものすごくでかいうえに古い。だから、廊下は薄暗くて冷えこむ。曲がりくねりながら長くつづく廊下を、「ちょっとこわいなあ」と俺は思った。山太は慣れているせいか、半分寝つつも、ひるむことなく廊下を進んだ。

洗面所は家の奥深くにあったので、「ここで山太とはぐれたら、俺一人じゃ座敷に戻れないぞ」と心配になったのだが、山太が寝起きしている六畳間は、俺にとって幸運なことに、座敷に近い場所にあった。

山太は寝室に入ると、電気をつけ、パジャマに着替えた。手袋をはめたままだったので、少し手間取った。布団はすでに敷いてあった。

「一人で寝てるのか？」

「うん。小学校に上がってからは」

「えらいなあ。さびしくない？」

「平気。ときどき、お父さんたちのお布団に行っちゃうけど」

山太は照れくさそうにつけ加え、ロボと手紙を枕《まくら》もとに並べた。

「手袋は？」

「はめて寝る」

「手が蒸れないかな」

「ええんや。気に入ったから。ゆうちゃん、ありがとう」

「どういたしまして。じゃあ、電気消すぞ」

「豆球だけつけといて」

「わかった。これでいい？　おやすみ」

「おやすみんさい」

オレンジ色の小さな明かりの下で、山太は布団にもぐった。俺は山太の部屋から出て、静かに襖を閉める。

廊下の窓越しに、雪の降る庭が見えた。すっかり闇《やみ》に沈んだ風景を切り裂くように、ちょうど車のヘッドライトが近づいてくるところだった。

直紀さんのバイクかと思ったけど、ちがう。白いセダンだ。直紀さんは車の助手席から降り、運転席に向かって笑顔でなにか言うと、清一さんちの玄関へと、雪を踏みしめ歩いてくる。車のほうは、庭を利用して切り返し、もと来た道を戻っていった。

俺は思わず一歩踏みだし、そのせいで窓ガラスに額をぶつけてしまった。いてて。しかし、痛みよりもっと気になることがある。

廊下を走り、宴会がつづく座敷を突っ切り、土間に下りてサンダルをつっかけた。ヨキたちもノコも、「なにごとだ」と俺を見てる。俺はかまわず、玄関の引き戸を勢いよく開けた。表から戸を開けようとしていた直紀さんと、ちょうど鉢合《はちあ》わせする形になった。

「うわわ、びっくりした」

と直紀さんは言い、俺に笑いかけた。「遅くなって堪忍《かんにん》。サラダ持ってきたんやけど、みんなもう食べ終わってしもたかな」

「直紀さん」

と俺は言った。「いまの、奥田《おくだ》先生ですか？　上がってもらえばよかったのに」

直紀さんの表情が少し強張《こわば》った。

「どうして、奥田せんせの名前を知っとんの？　紹介したやろか」

「いいえ。でも、ちょっと調べればわかります」

「ほぅー、そうかいな」

雪女みたいに冷たい声で、直紀さんは言った。直紀さんの背後、開いたままだった引き戸から、どっと粉雪まじりの風が吹きこんできた。

「いまのは、奥田せんせの車やない。バイク出そうとしとるところへ、たまたま山根《やまね》さんの奥さんが、仕事帰りやちゅうて通りかかったんや。『ついでやし、この雪でバイクは危ないから』て、車に乗せてくれた」

やばい……。俺は顔面から血の気が引くのを感じた。直紀さんは案の定、静かに激怒しているようだ。氷みたいな目で俺を突き刺した。雪女が百人ぐらいタッグを組んだとしか思えない迫力だった。

「つまりあんたは私のことを、だれにでもええ顔する人間やと思っとったんやな。あんたが私を好きやと知っとるのに、イブの夜に同僚の男のせんせに車で送ってもらって、それをあんたに見せつけるような人間やと」

「いえ、ちがうんです」

とは言ったけど、俺はまさに、直紀さんが推測したとおりのことを考え、勝手に嫉妬《しっと》したんだ。「……すみません」

直紀さんは「ふん」と鼻を鳴らし（氷の鼻息であった）、俺の脇をすり抜けて土間から座敷へ上がった。

座敷の面々は静まり返っていた。ヨキは畳に寝っ転がっていた。聞き耳を立てようとするあまり体勢を崩し、倒れこんでしまったようだ。

「遅くなってすみません」

直紀さんは笑顔で言った。「姉さん、サラダ持ってきたから、明日の朝にでも食べて」

直紀さんは笑顔のまま、リュックサックから取りだしたタッパーを祐子さんに渡した。タッパーは三つもあり、ポテトサラダ、レタスやキュウリ、トマトと果物が、それぞれ入っているようだった。俺はしずしずと座敷の隅に正座し、うなだれていた。

「ありがとう」

祐子さんは、俺を気にしつつタッパーを受け取った。「ご飯食べるでしょ？　ケーキもあるよ」

「ごめん、いい。疲れたから、休ませてもらう。清一さん、いつもの部屋を借りるで」

「どうぞ」

直紀さんは一同に向かって、「おやすみなさい」と言い（俺からは巧妙に視線をそらしていた）、座敷を出ていってしまった。

足音が階段を上りきったのを機に、座敷にいた面々はどよめいた。

「いまのは勇気が悪い」

と繁ばあちゃんが断じる。

「なんでもっと謝らんのや。女心がわかってないねぃな」

とみきさんが憤《いきどお》る。

「山仕事を教えるのに気ぃ取られて、どうやったらモテるかを伝授しそびれとったな」

体を起こしたヨキが、もっともらしく腕を組む。ヨキは「体で覚えるねぃな」ばっかりで、山仕事だってちゃんと教えてくれたことないじゃないか。

巌さん夫婦は、「勇気くんたら、直紀さんのこと、まだ諦《あきら》めとらんかったんか」「諦めたら、勇気に釣りあう年ごろの子は、この村にはほかにおらんでな」などと言っている。そんな消極的な理由で、直紀さんを好きになったんじゃないんだけどなあ。

清一さんと祐子さんは、片方の当事者の身内ということもあってか、心配そうにしつつも沈黙を守っている。

三郎じいさんが、こと、とコップを座卓に置いた。

「勇気。おまえは愛ちゅうもんを、どないなもんやと考えとる」

「えっ」

それって、ここで発表するようなこと？　俺がたじろいでいると、「これだから若造は」と言いたそうに、三郎じいさんは首を振った。

「俺の親父《おやじ》はな」

と、三郎じいさんは静かな声で話しはじめた。俺を含め、座敷にいた面々はいっせいに三郎じいさんに注目した。

「どうしようもない遊び人やった」

「そやった、そやった」

繁ばあちゃんが合いの手を入れる。「黙っておっても、ようけ女のひとが寄ってきよってなあ。ヨキも裸足《はだし》で逃げだすほどの遊び人やった」

「俺以上とは、もはや魔神レベルと言ってええな」

ヨキは感心している。なんなんだよ、そのいばりかたは。

「戦争が終わると」

と、三郎じいさんは話をつづけた。「親父はこれ幸いと町へ行っては、女遊びをしとった。子どもだった俺と弟は、お袋が泣くのを見て、いつも気の毒に思うとった」

「三郎じいさんは浮気のひとつもせんひとやと思っとったが、親父さんを反面教師にしてたんやな」

巌さんがそう納得し、

「その言いようだと、あんたはいくつか浮気をしたんかいな」

と奥さんに問い詰められた。

「せえへん、せえへん」

あわてて否定する巌さんをよそに、三郎じいさんは語った。

「ところが、ある日を境に、親父は急に女遊びをやめた。かわりに、猛然と薪を作りはじめた」

「なんで薪……？」

俺は首をかしげた。

「当時、俺のうちはまだ、竈《かまど》を使っておったでな。飯を炊《た》くにも風呂を焚《た》くにも、薪がいる。親父は、家のまわりに大量の薪を積みあげ、納屋も薪でいっぱいにした。ついでに、古くなっとった便所の床も修繕した。お袋は不思議そうにしながらも、親父の変化を喜んどった。薪を作って積みあげるのは、女の力では大変な仕事やからな」

「あんたの父親は、変わったところのあるおひとやった」と、繁ばあちゃんがつぶやいた。「勘が鋭いちゅうのかな」

「そやったな」

三郎じいさんも、心なしか声を低くして同意した。「『黒の羽織《はおり》を出しておけ。だれにも言うたらあかんねぃな』と親父がお袋に命じると、必ず、三日以内に村で亡《の》うなるひとが出た」

え、霊能者ってこと? ちょっと怖くないか? そう思ったんだけど、みんな、「へえ、そういうこともあるかもな」っていう顔をしている。不思議がいっぱい、神去村だ。深く追及しないでおくことにした。

「置き場がないほど、ようさん薪を作って、親父はある日、山で死んだ。前日までぴんぴんしとったのに、心臓麻痺《まひ》を起こしたんや」

三郎じいさんは、少ししんみりした様子で語った。「親父は、自分の死期を悟っとったんやろう。それで、お袋が煮炊きに困らんように、ようさん薪を遺《のこ》した。山と積まれた薪を見て、俺は思うた。『これが、ほんまの愛ちゅうもんなんやな』と」

「えっ!?」

そうかなあ。さんざん遊んでおきながら、ぽっくり死なれてもなあ。大量の薪を遺したからって、奥さんにしてみれば、それで許せるってもんでもないんじゃないだろうか。

「そやけど、薪は使ったら減ってくやろ?」

と、ヨキが疑問を呈した。「目減《めべ》りする愛て、どうなんやろか」

「そこはまあ、なあなあや」

三郎じいさんは、肝心な部分を「なあなあ(気にするな)」で済ませてしまった。「お袋も愚痴をこぼしとったな。『そろそろプロパンと契約して、電気釜《でんきがま》も買おうと思うとったのに、お父さんが遺した薪を使わんわけにもいかんねぃな』と」

三郎じいさんの家は、おかげでガスと電気釜の導入が大幅に遅れたそうだ。愛って、迷惑なものなんだな……。

黙って聞いていたみきさんが、

「とにかく」

と話をまとめた。「勇気は明日、直紀に謝るねぃな。いつまでもウゾウゾしとったらあかん。男も女も、決めるときは決めんと」

「軽トラを貸してやる」

ヨキがにやにや顔で申し出た。「朝、直紀を家まで送ってやったらええ。俺は、清一の軽トラで山まで行く。勇気はちょっと遅刻することになるが、ええやろ、清一」

「どうぞ」

と言い、清一さんは一同にパーティーの終わりを告げた。「明日は勇気にとって、決戦の日になるようです。今夜は深酒せず、これでおひらきにしましょう」

座敷にはすでに、空いた一升瓶《いっしょうびん》が何本も転がっていたけどね。前足に顔をうずめて眠っていたノコが、清一さんの声に反応して尻尾《しっぽ》を振った。


翌朝、俺はヨキの軽トラックに乗って、清一さんの家まで直紀さんを迎えにいった。渡しそびれたプレゼントの包みも、いちおう運転席に載せた。

家を出るとき、みきさんがお弁当を渡してくれた（ちなみに、ヨキはまだ寝ていた）。

「今日のおにぎりの具は、トンカツやで。早起きして揚げたから、がんばって勝って帰ってな」

ありがたいけど、プレッシャーだなあ。

直紀さんは小学校へ行くまえに、一度自宅に寄って仕度をしなきゃならない。まだ六時だったから、清一さんちの庭には、班のメンバーも集まっていなかった。綿帽子をかぶった赤松だけが、昨日の宴会の余韻を漂わせている。

玄関に現れた直紀さんは、当然ながら不機嫌そうだった。

「おはようございます」

「おはよう」

「昨日は誤解して、本当にすみませんでした」

「ん。もうええよ」

ううう、どうしよう。必要最低限しかしゃべってくれない。助手席に座ってからも、直紀さんはフロントガラスをにらんだまま黙っている。

雪は夜のうちに降りやみ、轍の部分はうっすらとアスファルトが見える程度になっていた。でも、溶けかけだからこそ、すべりやすい。俺は注意してハンドルを握り、軽トラをゆっくり進めた。直紀さんに謝る時間を、少しでも長引かせたいという気持ちもあった。

山深い神去村だ。冬の夜明けはまだ遠い。ヘッドライトに照らされた雪の表面が、薄い闇のなかで星空みたいに輝く。

軽トラは、両側に杉が立ち並ぶ道を行く。名前負けするわけにはいかない。勇気を振り絞って言うんだ、俺！

「奥田って先生に、ずっと嫉妬してたんです。まえに直紀さんを車に乗せてるのを見たし、職場も直紀さんと一緒だし、俺なんか直紀さんより年下だし」

ああー。言ってるうちに、自分がなさけなくなってきた。勇気を振り絞って愚痴を言ってどうするんだ、俺！

「あんたが嫉妬深くてちっちゃい男やってことは、まえから知っとる」

と、直紀さんは言った。ほんとのことではあるが、さりげなくひどい。

「嫉妬しないように気をつけます」

俺は反省の弁を述べた。杉の枝からフロントガラスに、雪がなだれ落ちた。直紀さんも俺もびくっとする。ワイパーを作動させ、雪を払い落とした。ぎーこ、ぎーこ、とワイパーが顔のまえを左右する。直紀さんがなにか言ったけど、ぎーこぎーこがうるさくて、よく聞き取れなかった。ヨキ、ワイパーのゴム、交換しろよ。

「はい？」

ワイパーを止め、聞き返す。

「意気地なし、て言うたんや。イブに二人きりになるのを避けたくせに」

な、なんと！　もしかして直紀さん、すねている……？　俺が電話でクリスマスパーティーへのお誘いをしたとき、なんとなく直紀さんの歯切れが悪かったのは、「デートやないんか」と期待はずれだったから、とか？

……まさかね。俺の都合のいいように考えすぎだよ。ドキドキ。

「私が怒ってるのはな」

と、直紀さんは助手席で腕組みをした。あらら。さっき「もうええよ」って言ったのに、やっぱり怒ってるんじゃないか。

いや、女のひとの「もういい」を真《ま》に受けちゃいけない。それぐらいは俺も知っている。ちゃんと聞いていると示すため、俺は軽トラの速度をさらにゆっくりにした。

「あんたが嫉妬したからやない。嫉妬するほど好いとってくれとるのに、私のことをちょっとも信じとらんかったことに、怒ってるんや」

「でも、それは……」

「なんやさ」

「信じたいと思っても、やっぱり不安になりますよ」

「なんで」

「だって、俺は何度も直紀さんを好きだって言ったけど、直紀さんが俺をどう思ってるのか、俺は教えてもらってないわけだし。そりゃ、ぐるぐる考えちゃうでしょ」

「ほんなら、あんたを好きやって言えば、ぐるぐる考えんですむようになるんか」

「えっ、俺のこと好きなんですか！」

「たとえばの話や」

ほらねー。思わず直紀さんのほうへ向けてしまっていた顔を、俺はがっかりして正面に戻した。

「わかった」

と俺は言った。「俺たち、つきあいましょう」

「なんでそうなるんかいな」

「俺はね、直紀さんに好きだと言ってもらえて、つきあったとしても、やっぱりぐるぐる考えちゃうし、嫉妬もすると思います。好きだから。それってまあ、当然のことですよね」

「うん、そやな」

「でも、安心はできると思う。直紀さんとつきあってるんだっていう、自信があれば。つきあってもないのに嫉妬するのって、ほんとにちっちゃいし、なんていうか……、みじめな気持ちになるんですよ」

「わかる気ぃするな」

直紀さんは、姉である祐子さんに嫉妬した経験があるからか、しみじみとうなずいた。

「でしょ？　だから、もし俺のこと、きらいじゃないなら、つきあってください。俺を安心させてください。もし、やっぱり俺のことを震えるぐらいきらいだと思ったら、別れてくれていいですから」

「あんた、強引なのか卑屈なのかわからんな」

横目でうかがったら、直紀さんは笑っていた。かわいかった。すごく。

そのとき俺は、思ったんだ。俺もたぶん、死期を悟ったら、三郎じいさんのお父さんと同じように、直紀さんのためになることを一生懸命にするな、って。

自分が死んだあとも、そのひとが幸せに暮らせますようにと願うこと。死ぬまでのあいだ、飯を食ったり風呂を沸かしたり喧嘩《けんか》をしたり、なんでもない生活をそのひととつづけていきたいなと願うこと。三郎じいさんが言ったとおり、そういうのがきっと、愛なんだと思う。こんなこと書くの、なんかちょっと恥ずかしいけどね。

でも、俺は神去村に来て、村のひとたちと知りあって、一緒に暮らしたり働いたりしたおかげで、やっと気づけたんだ。

この村のひとたちは、百年後を見据えて山に木を植えつづけ、先祖が植えた木を切りつづけて、生きてきた。それは、笑ったり怒ったりしながら暮らす毎日を、自分たちと同じように、百年まえのひとたちも送っていたし、百年後のひとたちもきっと送るにちがいないと、信じてるからだ。自分が死んでも、あとを生きるひとが幸せでありますようにと祈って、神去村のひとたちは山の手入れをしつづける。その信頼こそが、愛ってやつじゃないのかなあ。

もちろん、横浜にだって信頼と愛はあった。俺がガキで、それに気づけなかっただけで。親父は勤勉に会社に通って、家族のために稼いでくれた。母ちゃんは小言と無茶な行動が多いひとだけど、いつも俺や兄貴を心配してくれてるのはまちがいない。兄貴は好きな女と結婚して、赤ん坊ができて、その赤ん坊を親戚《しんせき》じゅうがかわいがっている。こういうのって、きっとそこらじゅうに転がってる出来事だよな。

もし、明日世界が滅亡するとわかってても、親しいひとたちを急に殴りまくるようなことはできない。たぶん俺たちには、信頼と愛がインプットされてるんだ。明日も明後日《あさって》も百年後も、きっと人々は幸せに暮らすにちがいないと、楽天的な希望がすりこまれていて、そこに向かって毎日を生きようとする力が備わってる。だから、なにかの原因で信頼や愛を見失ってしまったり、自暴自棄になってしまったりしているひとを見ると、胸が痛いような気持ちになる。

なにごともなく百年後が来るなんて、よく考えたらなんの保証もない、バカみたいな希望なんだけどね。

なんの話だっけ。俺にしてはめずらしく壮大なこと考えちゃって、よくわかんなくなってきた。

とにかくさ。俺は直紀さんに、幸せであってほしいよ。別れたり、俺が死んだりして、もう二度と会えなくなったとしても、直紀さんだけはいつまでも幸せに生きてほしいと心から思う。自分のなかに、こんな気持ちが眠っていたなんて知らなかった。直紀さんと神去村が、気づかせてくれたんだ。

世の中には、俺のなかにも、たしかに信頼と愛が存在するんだってこと。

交際の申しこみに対する答えはもらえないまま、軽トラは直紀さんの家に着いてしまった。

「ありがとう」

と言って、直紀さんは家へ入っていった。俺は運転席からそれを見送った。まあとりあえず、俺の気持ちは伝えたんだから（結果は、何度目かのスルーだったが）、よしとしようと思った。そしてふと、プレゼントを渡し忘れたことを思い出した。

エンジンを止め、俺は軽トラに乗ったまま、直紀さんが再び家から出てくるのを待った。鋼鉄のボディを通して冷気が染みこんできたけれど、あまり気にならなかった。

二十分ほどで、直紀さんは玄関に現れた。終業式があるからか、黒いスーツだ。膝丈のスカートから見える脚は、しなやかだった。重そうな鞄《かばん》を肩から提げ、コートではなく、黒いジャンパーを羽織《はお》っているのが直紀さんらしい。

直紀さんは軽トラを見て、怪訝《けげん》そうに近づいてきた。俺はプレゼントを手に、運転席から降りた。

「どないしたんや」

「クリスマスプレゼントを渡すの、忘れてました」

俺が差しだした包みを、直紀さんは受け取った。

「開けてええ？」

「はい」

なかから現れた赤いマフラーを、直紀さんはそっと撫でた。

「きれいな色」

直紀さんが俺を見上げてきた。そのとき、どうして直紀さんのしてほしいことがわかったのか、わからない。俺はマフラーを手に取り、直紀さんの首に巻いてあげた。それから、キキキキスをした。いや、軽くだよ。朝だし、近所の住人がどこで見てるかわからないし。

「あんたを不安にさせるのは、私もいやや」

と、直紀さんは囁《ささや》いた。

「じゃあ、今日からつきあってるってことで、いいですか」

「『つきあおう』『そうしましょう』って言ってつきあいはじめるなんて、無粋《ぶすい》やなあ」

直紀さんは笑った。ちょっと頬が赤くなっていた。か、かわいい。

それにしても、つきあおうって言わないで、ほかにどんなつきあいのはじめかたがあるんだろう。なしくずしってこと？　俺は内心で首をひねったけど、直紀さんの表情から察するに、俺たちのおつきあいは本当にはじまったようだ。神去の神さま、ありがとう！

「あかん、遅刻するねぃな」

直紀さんはカワサキにまたがった。スカートなのに大胆な、と思ったんだけど、直紀さんはぬかりなくサポーターを穿《は》いていた。覗いてすみません。つい目がいっちゃったんです。

バイクのエンジンをかけた直紀さんに、俺はあわてて言った。

「マフラーのタグ、ついたままだけど」

「学校に着いたら取るで、大丈夫」

「メドの権利、使ってもいいですか」

どさくさに紛れた俺の問いかけに、ヘルメットをかぶろうとしていた直紀さんは動きを止めた。

「メドの権利」は、オオヤマヅミさんの大祭で活躍した男に与えられる。大祭は四十八年に一度しか行われない特別なもので、前回がちょうどそうだったんだ（栗《くり》の木を伐倒《ばっとう》してヘリで搬出した今回は、大祭ではなく通常のオオヤマヅミさんの祭りだ）。

で、どんな権利かというと……。「好きな女の子にまぐわいを申しこめる権利」なんだ。つまり俺は、「あなたが好きだから、すごーく親密になりたいです」と、直紀さんに面と向かって申し入れた、ってこと。ぎゃー。

恥ずかしさと期待と緊張で、俺は氷の彫刻みたいになって返答を待った。どれぐらい時間が経《た》ったのか、

「アホ」

と直紀さんが言った。「仕事が終わったら、電話して」

ヘルメットをかぶり、目だけで俺に微笑みかけた直紀さんは、バイクで颯爽《さっそう》と走り去っていった。

全身を覆っていた氷が溶けだしたみたいに、俺はすべての毛穴から汁を噴出させた。

いまの、空耳じゃないよね？　電話して電話して電話して……（エンドレス）。

やったー！

叫んで飛びあがりたかったけど、うれしさと感激があまりにもすごすぎて動くこともできず、しばらくその場に立っていた。

相当にやけていたはずだ。


そのあと、どうなったかって？　ふっ、ご想像にお任せしましょう。

俺は年末年始、横浜に戻ったし、直紀さんも一月三日から始業式の前日まで、東京のご両親の家へ帰省してるから、せっかくつきあいはじめたのにすれちがいがつづいてるんだけどね。

さて、横浜から神去村に帰ってきて以来、繁ばあちゃんの目を盗みつつ、俺は何日かにわたって、クリスマスパーティーがどんなだったかを書いてきた。

明日の夕方、いよいよ直紀さんも村に帰ってくるんだ。ふっふっ。さっき直紀さんから電話があって、ローカル線の駅まで俺が軽トラで迎えにいくことになった。もちろん、俺は直紀さんの家に上がらせてもらう気まんまんだ。ふっふっふっ。

直紀さんからの電話をヨキが取り次いだもんだから、あっというまに、家じゅうに話が広まった。繁ばあちゃんは「外泊か」とにんまりするし、みきさんは「結婚まえなんやから、直紀の悪い噂《うわさ》になるようなことをしちゃあかんねぃな」と釘《くぎ》を刺してくるし、ヨキに至っては、無言でコンドームを握らせてきた。自分で用意してるよ、そんぐらい。

「直紀とつきあうて、度胸あるな」

コタツを囲んで夕飯を食べているとき、ヨキは信じがたいというように首を振った。「尻《しり》に敷かれるのが目に見えとる」

ヨキにだけは言われたくないよなあ。みきさんの尻に敷かれっぱなしのくせに。

みんなが寝静まっても、俺はこの文章を書いてたんだけど、ついさきほど、ヨキが襖を開けて部屋に入ってきた。急いでパソコンをスリープにして、「どうしたの」と言ったら、ヨキはめずらしく真剣な顔で俺のまえに座った。

「勇気。おまえ、今後をどう考えとるんや」

「どうって?」

「直紀の家で同棲《どうせい》するんか」

俺はびっくりした。

「そんなの、まだ早いよ。山仕事だって、覚えなきゃならないことがたくさんあるんだし。俺はもうちょっとここに居候《いそうろう》させてもらって、いろいろ教えてもらうつもりだったけど」

「そうか」

ヨキは笑顔になった。どうも、俺が家を出ていってしまうんじゃないかと、心配してたみたいなんだ。

「それがええ。おまえはまだ、一人前には程遠いこわっぱやからな。俺の山仕事の技を見て、おののくがええ」

なんでいつもえらそうなの。ヨキは俺の肩にポンと手を置いてから、立ちあがった。

「そやけど、そろそろ軽トラは買ったほうがええかもしれんな。集会所の駐車場に、まだ空きがあったはずや。女に会いにいくには、自分用の足がないと不便やろ」

実感がこもったお言葉だ。

「でも、そんなにお金が貯《た》まってないよ」

「ローン組め。ヨキ銀行が貸しちゃる」

「利子が高いんじゃないの？」

「アホぬかせ。安心のご融資や」

ヨキはあくびをしながら、自分の寝室へ戻っていった。「明日も山や。はよ寝ろ」

そうだね。記録はこのぐらいにして、俺ももう寝よう。

村で、山で、明日はどんなことが起こるのかな。直紀さんと会ったら、なにを話そう。兄貴の子どもがすごく大きくなって、言葉が通じたんだよ。俺が横浜を離れたときは、まだハイハイしてたのになあ。

夜の神去村は、とても静かだ。隣の部屋から、繁ばあちゃんの寝息だけが聞こえる。パスワードを変更したせいで、パソコンを盗み見ることができなくなり、繁ばあちゃんはへそを曲げている。大切なひとの名前をパスワードにしてるんだから、「ｓｈｉｇｅ」だと気づいてもよさそうなもんなのにね。

読者のみんなは、とうにわかってると思うけど、俺は神去村が好きだ。こんなに好きになるとは、自分でも予想していなかった。

神去村の伝説や、村人や出来事について、見聞きしたまま書いてきた。どうだった？　みんなも、神去村を少しは好きになってくれたかな。そうだったら、いいんだけど。

あ、いま、ノコのくしゃみが聞こえた。また雪が降りはじめたみたいだ。あまり積もらないでほしいなあ。

でも、雪に覆われた神去村もきれいなんだ。特に夜の雪景色は最高だ。山も橋も家も真っ白な雪に包まれて、淡く光る。神去川だけが黒く流れ、その水面には空の星がいっぱい映って、氷のかけらみたいに、窓の明かりみたいに、それぞれのリズムで瞬《またた》くんだよ。

俺は明日も、山の手入れをする。そのうち、みんなたちの住む家の柱や、みんなたちが使う家具や割り箸や、そういういろいろなものになって、神去産の木が届くかもしれない。そのときは神去村のこと、俺たちのこと、思い出してくれ。

そして、いつかぜひ、神去村に遊びにきてくれるとうれしい。待ってるよ！

それじゃあ、おやすみ。読んでくれて、どうもありがとう！

本書は「読楽」二〇一二年一月号～二〇一二年八月号に
掲載された作品に加筆・修正したものです。

三浦しをん

1976年、東京生まれ。2000年、書き下ろし長編小説『格闘する者に○』でデビュー。2006年、『まほろ駅前多田便利軒』で直木賞を受賞。小説に『風が強く吹いている』『仏果を得ず』『きみはポラリス』『天国旅行』『木暮荘物語』など、エッセイに『あやつられ文楽鑑賞』『悶絶スパイラル』『ビロウな話で恐縮です日記』『お友だちからお願いします』『本屋さんで待ちあわせ』など、多数の著書がある。2012年、『舟を編む』で本屋大賞を受賞。

神去《かむさり》なあなあ夜話《やわ》

著者　三浦しをん

2012年11月30日　初刷
2012年12月15日　２刷

発行者　岩渕　徹
発行所　株式会社 徳間書店　〒105-8055　東京都港区芝大門2-2-1
電話　03-5403-4349（編集）　048-451-5960（販売）
振替　00140-0-44392
本文印刷　本郷印刷（株）
カバー印刷　真生印刷（株）
製本　大口製本印刷（株）

ISBN978-4-19-863506-0

三浦しをん　好評既刊

林業に〝ゆるーく〟かける青春を描いた話題作！

『神去なあなあ日常』

平野勇気、18歳。
高校を出たらフリーターで食っていこうと思っていた。
でも、なぜだか三重県の林業の現場に放りこまれてしまい、
チェーンソー片手に山仕事。
携帯も通じない山奥！　ダニやヒルの襲来！
勇気は無事一人前になれるのか？
四季のうつくしい神去村で、
勇気と個性的な住人たちが繰り広げる騒動記。

初の林業小説！

【文庫本】

【単行本】